La montée des périls

Du même auteur

Pour en finir avec les hebdomadaires, Gallimard, 1996.
Le Matin des abrutis, J.-C. Lattès, 2008.
Tous touristes, Flammarion, 2010.
Mémoires d'un snobé, Pierre-Guillaume de Roux, 2012.
Un roi immédiatement, Pierre-Guillaume de Roux, 2017.
L'Arche de mésalliance, Éditions du Rocher, 2021.

Marin de Viry

La montée des périls

Roman

éditions du
ROCHER

Éditions du Rocher
28, rue Comte Félix Gastaldi – BP 521 – 98015 Monaco

www.editionsdurocher.fr

ISBN : 978-2-268-10878-0
EAN Epub : 9782268108957

« How this spring of love resembleth
The uncertain glory of an April day,
Which now shows all the beauty of the sun,
And by and by a cloud takes all away! »

William Shakespeare,
The Two Gentlemen of Verona,
Act I, scene 3

« Oh ! comme ce printemps d'amour ressemble,
par son incertaine splendeur, à la journée d'avril,
qui tout à l'heure montrait toute la beauté du soleil
et qui maintenant la laissé dérober par un nuage ! »

William Shakespeare, *Les Deux Gentilhommes de Vérone*, Acte I scène 3

La génuflexion des rois mages

La plasticienne allemande Anne Imhof montait au firmament de la gloire culturelle. Cette soirée d'octobre au ciel dégagé s'annonçait comme un triomphe : elle avait utilisé l'immense espace que lui offrait le Palais de Tokyo pour y multiplier, annonçait-on, des performances et des installations extraordinaires. La presse se pâmait au giron de l'artiste depuis quinze jours, annonçant cette soirée de première comme une révélation attendue dans l'art contemporain, une fulgurance qui réveillerait les âmes, presque une sorte d'Apocalypse culturelle. Les critiques faisaient assaut d'articles enthousiastes décodant la « mystérieuse cohérence systémique du message de rupture de la performeuse », comme l'avait écrit l'un des plus brillants d'entre eux. La direction de ce palais (qui ressemble à une chancellerie fasciste dévastée par un assaut d'infanterie, reconvertie après le conflit en temple de l'extase culturelle humaniste) s'enorgueillissait d'abriter un événement aussi important. Au-delà, le Tout-Paris de la culture se rengorgeait de son succès annoncé, se félicitait de contribuer à une telle entreprise. Une sorte d'effusion narcissique collective s'emparait des décideurs culturels du pays, simultanément traversés par un sentiment océanique de toute-puissance, de sympathie et d'utilité universelles. À lire les articles publiés, à écouter les propos de rédactions et les conversations de dîners en ville, Paul pensa qu'ils étaient tous dans un état d'esprit proche de celui que la noblesse de cour devait avoir, sous Louis XIV, à une messe de *Te Deum* célébrant la victoire des armes du Roi Soleil contre un prince allemand, au cours d'une brève et brillante bataille. C'était la gloire sans phrases, dans la lumière d'un ciel sans nuages. Quel formidable témoignage de vitalité culturelle que cet événement, entendait-on – surtout à un moment où l'extrême droite représentait presque un tiers du corps électoral, chuchotait-on l'instant d'après.

Paul descendait l'avenue du Président-Wilson vers le Palais de Tokyo. Il avait plu dans la journée et une discrète odeur de terre mouillée rendait la vie douce, exhalait un parfum d'espoir. La lumière de la terrasse du restaurant du Palais de Tokyo faisait briller le sol encore mouillé. Contrairement aux excellences culturelles, il n'éprouvait ni plaisir ni déplaisir à se rendre à cette soirée et, d'ailleurs, y pensait à peine en dirigeant ses pas vers elle. Tout en marchant, il calculait le nombre de jours qui lui restaient avant d'embarquer sur son voilier, amarré à Sainte-Marine, Finistère, pour tester sa nouvelle voile d'avant – un génois avec lequel il espérait gagner presque un nœud par heure, par une bonne brise. Dans quatre jours parisiens bien remplis, il serait sur son bateau, réglant son génois à toutes les allures.

Le plaisir et même l'accomplissement étaient dans cette perspective. Faire de la voile ne servait à rien, mais rappelait des conditions de base de l'aventure humaine, laquelle n'était d'ailleurs pas forcément plus utile. Faire de la voile, c'était peut-être une activité inutile pour se rappeler que tout était vain. Mais peu importe, car l'eau, le ciel, le vent, l'idée que tout est possible – atteindre son but, débarquer, s'installer sur une terre – et que tout est dangereux, fournissaient les quelques impressions simples qui faisaient la trame de ses journées heureuses en mer. La voile était une aventure équivalente à s'installer, un beau matin, dans vingt hectares en friche et une ferme en ruine. Paris était amusant, mais incapable de produire l'émotion qu'il ressentait en entendant un avis de grand frais sur sa VHF, à 30 miles des côtes.

Le seul sentiment positif qui l'animait vis-à-vis de sa soirée parisienne était la satisfaction, teintée de méchanceté, de détenir une invitation VIP. Elle lui permettrait de rejoindre le flux discret des privilégiés qui entreraient directement dans le bâtiment sans faire la queue, en prenant des mines « d'en être ». Il n'allait à cette performance que pour se renseigner sur l'air du temps, qu'il connaissait assez bien, mais dont il devait suivre les métamorphoses successives et les figures à la mode, au plus près possible de leur survenue dans l'espace médiatique. Il s'agissait d'une obligation professionnelle : pouvoir parler de l'exposition Anne Imhof de la veille au soir, au comité de rédaction de l'hebdomadaire national – *La Gauloise* – dont il était le critique littéraire, était important pour sa réputation. En surveillant les tendances culturelles, Paul rendait ses articles un peu plus excitants que la moyenne. Son habitude de fréquenter l'art contemporain avait fini par l'installer dans le paysage comme un critique impressionnant par sa capacité à mettre la production littéraire en rapport avec l'activité culturelle européenne, voire mondiale. C'était un avantage compétitif qu'il entretenait consciencieusement.

La réalité, s'avoua-t-il tout en ralentissant le pas jusqu'à presque s'arrêter, c'est qu'il cultivait une indifférence grandissante vis-à-vis de son époque, c'est-à-dire de sa propre vie et des relations qu'il avait ou pourrait avoir avec d'autres personnes, et qu'il se sentait renoncer à les trouver intéressantes un jour. Cette impression s'était progressivement imposée dans son esprit. À cet instant, il la formulait clairement. Il songea à sa conséquence principale, en ce qui le concernait : cesser d'écrire des romans. Il pourrait facilement divorcer de son temps, disparaître des zones sociales où l'histoire – et dans son cas personnel, l'histoire culturelle –, se construisait. L'idée d'interagir avec ses contemporains, ce qui est forcément le cas quand on publie des livres, lui paraissait soudain clairement dépourvue de sel, d'intérêt, d'utilité. Il n'avait plus envie de parler, et il n'y avait plus d'espace social intéressant à ses yeux. Écrire pour qui, écrire pour quoi, étaient devenues des questions sérieuses, obsédantes, sans réponses. Paul commençait à se sentir s'éloigner, sans tristesse, vers un point de sa vie où même les satisfactions matérielles et d'amour-propre, pourtant faciles à glaner à Paris dans sa position, ne compensaient pas le vide de ses sensations. Son indifférence pour Anne Imhof était le symptôme ponctuel de son ennui général, de son sentiment de n'avoir rien à combler.

En y réfléchissant, il trouvait que cet ennui était teinté d'une colère sourde, mystérieuse. Mais d'où venait-elle? se demandait-il. Il n'avait rien pour se plaindre. À 38 ans, il était né sous Mitterrand, s'était détaché de la politique sous Jacques Chirac – ses seules émotions politiques avaient été le discours de Philippe Séguin rejetant l'accord de Maastricht, prononcé en mai 1992 et que Paul avait écouté en 2000, puis celui de Dominique de Villepin à l'ONU en février 2003, ultimes soubresauts de l'expression de la souveraineté française. Depuis, plus rien. Un délitement général à bas bruit, avec des réactions notables de gens réfléchis et d'artistes, mais qui ne pesaient pas sur le cours de l'histoire. Installé dans sa petite bulle comme tous ses contemporains, il avait produit six livres, dont trois romans, et avait été en finale du prix Médicis l'année précédente. La critique lui était favorable, car il était critique lui-même et les autres critiques écrivaient aussi des romans. Celui qui voulait briser le cercle en sortait, et le cercle se refermait, sans bruit, et sans lui. Bref, si on avait comparé Paul à une planète dans un système solaire, il avait une densité raisonnable et sa place était bien établie en orbite. Il avait la satisfaction d'être envié : la preuve en était qu'il devait se battre pour rester maître de son périmètre professionnel. Cette satisfaction l'ennuyait. Il s'était probablement avancé très loin sur une fausse route pour ne désirer, de l'avenir, qu'une agréable extinction de sa vie sociale.

Parvenu à cette réflexion inquiétante pour les intérêts économiques de sa personne – car cet ennui finirait un jour par se traduire dans ses articles, les dévitaliser, et donc menacer sa position que guettaient une bonne trentaine d'ambitieux littéraires en quête de poste et, de là, diminuerait sa « publiabilité » romanesque –, il s'arrêta tout à fait et alluma une cigarette, quelques mètres avant l'entrée du Palais de Tokyo. Il regarda l'avenue, qui lui fournit une distraction. Il douta de son propre ennui, lui trouva quelque chose d'artificiel. Il se dit qu'il exagérait, qu'il noircissait le tableau, qu'un coup de blues provisoire s'était transformé en mélancolie nihiliste. Sur une échelle de un à dix, sa vie valait sept ou huit, elle méritait d'être vécue. Vue de l'extérieur, elle méritait probablement neuf ou dix. Son surmoi, dans lequel figurait un vieux reste d'Occident conquérant, lui recommandait de serrer les dents et d'avancer.

Cette provisoire diminution de son désir était peut-être liée à l'expérience pénible qu'il avait faite la semaine précédente. Invité à la fête du livre à Nice pour dédicacer son dernier roman, il avait passé trois jours à côté d'une « auteure » qui s'était habilement glissée à ses côtés à la faveur du désistement de dernière minute d'un prix Goncourt que connaissait Paul, et qu'il se serait réjoui d'avoir eu pour voisin. Ce coucou fille, dont la pile de livres était plus haute et occupait plus de surface que la sienne sur la table, avait écrit un ouvrage inepte de développement personnel – *Le Soleil est en Toi* – dont la base narrative était un voyage initiatique réalisé dans les îles Marquises à l'âge de 20 ans. Les sept étapes de son voyage représentaient chacune un chakra, terme dont Paul découvrit sinon l'existence, tout au moins l'efficacité commerciale. Il écoutait Fleur Johnson (c'était son nom) faire l'article de son livre à des passants d'autant plus intéressés à se rapprocher d'elle qu'elle était très bien faite, dans le genre gymnaste tonique au corps fini par le yoga. Son attractivité érotique et son baratin la destinaient plutôt à la télévision qu'à la littérature. On sentait que c'était sur un plateau, calée sur un tabouret haut qui avantagerait sa silhouette sportive, qu'elle s'épanouirait vraiment. Ses lecteurs approuvaient avec enthousiasme ses propos, et enchaînaient sur leurs propres réflexions, dans un esprit de dialogue libre, en répondant à des propositions telles que :

« L'école ne nous apprend pas le bonheur » (« Vous avez raison, l'école est bien trop cartésienne », répondait Nicole).

« J'ai fait ce voyage pour me trouver moi-même » (« Moi aussi, c'est fou ça, c'était dans le Gers en 1985 », répondait Barthélémy).

« Notre éducation est trop centrée sur le rationnel, c'est bien dommage » (« Oui, nos compétences émotionnelles sont dévalorisées », se lamentait Jacques-André).

« Je vois à votre langage corporel que mon livre vous parle » (« Exactement, ha! ha! », s'esclaffait Ludivine comme si elle avait été prise en défaut de piquer un pot de confiture en haut de l'armoire).

« Il faut laisser s'exprimer les énergies positives » (« ça, c'est tellement important, ça changerait tout si on le faisait vraiment », renchérissait Paul-Octave).

Au lieu de dire au revoir à ses lecteurs, elle préférait les quitter d'un « *Namasté* », remplacé par un « Belle journée » quand elle sentait que son public n'était pas familier des us hindouistes de la langoureuse Asie. Elle vendait dix fois plus de livres que Paul. La queue mal disciplinée des lecteurs enthousiastes de Fleur Johnson colonisait, par débordement, la place réservée à la file des amateurs du roman de Paul. Un ou plusieurs exemplaires du *Soleil est en Toi* sur les bras, attendant leur tour d'échanger avec l'auteure, les chalands jetaient au passage un bref regard de commisération teintée d'hostilité au roman de Paul, en ayant l'air de penser qu'il s'agissait probablement d'une vaine péroraison germanopratine d'un plumitif parisien dépressif, alors qu'eux tenaient, avec *Le Soleil est en Toi*, une vraie leçon de vie pour toute la famille, qu'ils mettraient sous le sapin.

Cette épreuve avait tout de même duré cinq demi-journées. À la fin de la quatrième, profitant d'une baisse de fréquentation, Paul avait demandé à Fleur un cours sur les chakras, qu'elle lui dispensa avec une espèce de patience héroïque dans le regard. Les chakras étaient des disques virtuels placés devant le corps, lui expliqua-t-elle, et même au-dessus de la tête pour l'un d'entre eux, tournant dans le sens des aiguilles d'une montre pour les hommes et dans le sens contraire pour les femmes. Un chakra, dit sacré, placé un peu au-dessus des couilles chez les hommes (c'était Paul qui avait interprété ainsi les paroles plus sacramentelles de Fleur), s'occupait des fonctions sexuelles et de la bonne distribution des fluides dans le corps, et avait à ce titre une dignité éminente. Il fallait, pour que le cosmos et l'individu fussent sur la même longueur d'onde, que les chakras tournassent conformément à l'Harmonie, ou à l'Énergie, ou aux deux – Paul oubliait ce que Fleur lui racontait au fur et à mesure. Toutefois, une idée lui parut correcte, d'après son expérience : c'était celle que les disques mâles et femelles ne tournaient pas dans le même sens. Il imaginait la rencontre hétérosexuelle, revue par la théorie des chakras, comme un accident de disques animés de mouvements contraires se disloquant l'un contre l'autre à la suite d'un choc. Il y avait là quelque chose de juste, se dit-il avec une gaieté teintée d'aigreur.

Fleur, malgré sa posture de bienveillance universelle, avait l'air de prendre Paul pour un être assez méprisable, qui se rattachait à une conception frelatée de l'existence. Elle avait entendu parler du judéo-christianisme comme d'une sorte de vieille mentalité maladive qui avait affecté les populations pendant plusieurs générations, un peu comme un vieux virus que le monde moderne n'aurait pas complètement éradiqué, et pensait que Paul devait être positif au judéo-christianisme. C'est ce qu'elle lui laissa à penser avec tact, pendant un moment compassionnel de leur conversation, où elle lui recommanda de penser à l'ouverture de ses chakras, notamment celui du cœur. Cet objectif pouvait être atteint par la pratique du yoga *kundalini*, lui précisa-t-elle. Ainsi se débarrasserait-il de cet air mécontent qui cachait sûrement une addiction à la souffrance, laquelle n'était rien d'autre qu'une rupture avec l'Harmonie.

Paul trouvait Fleur à peu près vide mais pas désagréable, un peu comme la décoration d'un hôtel *Ibis Budget*, le goût d'un crocodile Haribo, ou trois jours de repos dans un hôtel désert avec piscine, hors saison. Pour la première fois de sa vie, il avait discuté avec une très belle fille pendant trente minutes sans devoir croiser et contrôler en lui un désir naissant. La brève fréquentation d'une hindouïste varoise – dont l'hindouïsme était certes restreint, interprété dans le crâne d'une Française inculte – lui avait apporté une expérience nouvelle : trouver indésirable une femme qui aurait été désirable si elle n'avait pas été hindouïste. Il savait intellectuellement que l'érotisme était une affaire de religion – la preuve en était que Chateaubriand avait écrit une bonne partie du *Génie du christianisme* sur les fesses de Pauline de Beaumont – mais il venait d'en faire l'expérience concrète. Cela changeait un tout petit peu ses anticipations : il ne coucherait probablement jamais de sa vie avec une hindouïste française, même du Sud.

En attendant de trancher la question de savoir si son désir de tout laisser tomber avait pour déclencheur la littérature commerciale, le succès populaire ou les conceptions métaphysiques de Fleur pour origines – et donc un caractère provisoire –, ou masquait une crise plus profonde – de type mi-vie, bien répertoriée par les psychologues –, Paul reprit sa route et se présenta à l'accueil VIP. Une étudiante bouclée en tenue noire lui colla sur son manteau une étiquette ronde orné d'un petit dessin psychédélique. Elle souriait d'un air extatique, qui frappa Paul par son exagération. Il avait l'impression d'être reçu comme le Christ entrant à Jérusalem, accueilli par une jeune juive enthousiaste, pressentant en lui le messager de la Nouvelle Alliance. C'était très agréable, mais aussi très au-delà de ce que réclamait la situation. À moins qu'Anne Imhof, nouveau démiurge culturel, n'ait encouragé cet accueil mystique.

On ne pouvait pas réellement parler d'une exposition, ni même d'une installation, mais plutôt d'une sorte de dépassement évènementiel de ces deux modalités d'expression artistique. Il y avait certes des tableaux pops, des vidéos cryptiques, des objets sortis de leur contexte et scénarisés avec soin et des êtres vivants exécutant une chorégraphie, mais on sentait que tout se mélangeait pour faire événement, et que c'était là le principal. Le balisage, si important dans la plupart des institutions culturelles contemporaines, laissait place à la liberté donnée au flux de visiteurs de se porter là où ils le décidaient spontanément. À l'entrée, de jeunes Africains hiératiques, chantant à voix basse, murmurant presque, étaient installés à côté d'immenses baffles noires. Certains étaient assis par terre et regardaient le sol d'un air absent. Un chien courant traversait éternellement une plaine d'herbes hautes sur une vidéo de vingt mètres de long qui occupait tout un panneau. Un bloc de parpaings envahis de lierre synthétique, posé sur du sable, régulait la circulation, qui pouvait, pour l'éviter, soit se diriger vers une installation composée d'une moto, d'un téléphone portable et d'une cigarette électronique, soit vers l'entrée d'une salle devant laquelle s'affichait un panneau, « Sex », avec des explications. On aurait dit que le flux s'était coagulé devant cette salle. Les gens lisaient les explications, lesquelles étaient assez vaporeuses, comme pudiquement voilées par un discours technique et compliqué sur le statut de ce mot « Sex » dans l'esprit général du temps. Ces explications détaillaient tout de même un point précis du protocole de mise en relation du public avec la salle « Sex ». En effet, il était prévu que la salle soit vidée à intervalles réguliers, pour que le thème traité – le sexe, donc – reprenne son souffle, se retrouve dans le silence, se régénère en l'absence de public, retrouve la quête de son propre sens. Il fallait peut-être que la salle prenne une douche entre deux paquets de visiteurs, tel un thème qui aurait eu besoin de se laver après avoir baisé ; enfin, c'était une idée comme ça, insolite et intéressante, où la salle ainsi que le discours qu'elle portait étaient personnifiés. Il y avait tellement de monde qui attendait que la salle ait fini de se reposer, pour pouvoir enfin y entrer, que Paul renonça. Il se déplaça vers un autre espace, en contrebas duquel était installé une scène. Mais là, c'était carrément l'émeute, ou plus exactement l'émeute en version extase muette : Anne Imhof elle-même *performait*. Une foule circulaire et compacte essayait de capter ce moment, le bras tendu pour mettre son téléphone en position périscopique. Paul ne voyait rien, mais sentait la foule en communion avec la prophétesse et, au-delà de la prophétesse, avec la prophétie. Détestant la promiscuité, il se rabattit sur une salle adjacente, où l'attendait une sorte de cénotaphe à la mémoire d'Andy Warhol. Une couronne de fleurs en plastique et une boîte de soupe Campbell étaient posées sur un rectangle de la forme d'une pierre tombale. C'était assez touchant, assez menaçant aussi. En se retournant, il vit une vidéo où Anne Imhof, probablement sur une plage de la mer du Nord, se déplaçait ou plutôt bougeait au premier plan, nue au-dessus de la ceinture, et au-dessous vêtue d'un pantalon d'ampleur intermédiaire, entre le baggy et le jean. Elle avait quelque chose d'évanescent dans la posture, mais aussi d'inspiré et de très concentré.

Une seule personne regardait cette vidéo, ce qui était étonnant compte tenu de l'affluence, mais s'expliquait peut-être par la performance en cours, qui absorbait l'essentiel du public. C'était une jeune femme calme, concentrée sur son observation, longiligne, dont Paul connaissait le visage par la presse, mais à qui il n'avait jamais parlé. Il prit place à ses côtés. Il ne put s'empêcher de partager ce qu'il voyait. Il égrena d'un ton neutre :

« Anne Imhof est fine, presque maigre. Elle a le torse nu, le vent pousse ses cheveux sur ses yeux, elle bouge sans but apparent comme si elle allait danser sans avoir appris à danser. La mer lui mange les pieds, son regard est calme, tragique et tout intérieur, et elle a des poils sous les bras.

— Exact. Il y a un message, mais lequel ? lui répondit-elle en riant et sans marquer la moindre surprise qu'il lui ait adressé la parole, comme si elle consentait à ce qu'il s'invite.

— Vous noterez qu'elle a l'air de marquer une direction à l'adresse de son public, le bras tendu. Comme un élan vers quelque chose.

— Oui c'est ça. L'art contemporain guidant le peuple, résuma-t-elle.

— Avec la mer derrière, qui aura le dernier mot, qui transformera tout en grains de sable.

— Entre le futur désert et nous, il y a la perception esthétique incarnée par un être humain *topless*. Cet être, c'est moi, dit-elle.

— Le tout dans une ambiance froide. Je dirais 9 degrés, un vent de 8 nœuds, à marée montante, par un fort coefficient. On tient à peu près le message global… Je vous prie de m'excuser, j'aurais dû me présenter.

— Je sais qui vous êtes. Vous êtes Paul de Salles. Vous écrivez dans *La Gauloise*. Des articles de critique littéraire pas idiots sur le fond, continua-t-elle, mais sur lesquels vous crépissez une frénésie artificielle à base d'événements culturels comme celui de ce soir. Cette couche d'excitation a quelque chose d'un peu ridicule, de discrètement ridicule je dirais, mais je suppose qu'elle correspond à une nécessité éditoriale. On sent que vous pourriez tout plaquer du jour au lendemain, et c'est ce qui crée une espèce d'urgence à vous lire, comme si vous alliez disparaître. Vos romans sont comme vos articles : on y sent que vous pourriez les quitter pour aller lire un auteur que vous aimez vraiment. Ils manquent d'arbres, et d'incarnation aussi, ils ont quelque chose de minéral et d'urbain. Si je me résume, vous avez une espèce de libido intellectualisée assez comique, et un doute sur la nécessité de votre existence professionnelle comme sur la consistance de votre vocation.

— Paf.

— J'ai regardé votre fiche Wikipédia il y a deux mois, après avoir lu votre dernier roman.

— Et vous, vous êtes Erika Dauze. Vous avez fait une série d'articles sur l'art figuratif contemporain dans *Art Press*. Idem, j'ai regardé votre nom sur Google après avoir lu vos articles. Fouillés, structurés, gais, ironiques. On sent que vous vivez sur un tiers de votre talent, les deux autres tiers vous étant connus, mais vous avez décidé de ne pas les utiliser jusqu'à présent.

— Bim.

— Je n'aurais pas regardé votre nom si votre article n'avait été accompagné de votre photo.

— Moi non plus.

— Bon. On va attraper froid si on continue de regarder Anne Imhof se mouvoir mystérieusement sur une plage de la mer du Nord, et je dois partir dans vingt minutes pour aller à un dîner. Voudriez-vous qu'on discute sur le chemin de la sortie ? »

Laissant derrière eux le cénotaphe d'Andy Warhol et la vidéo messianique d'Anne Imhof, Paul et Erika se dirigèrent vers le grand hall d'accueil qui faisait aussi office de porte de sortie. Ils avaient déjà une immense expérience l'un de l'autre : ils connaissaient le son de leurs voix, la tournure de leur esprit, leur pudeur de camoufler le plaisir qu'ils avaient de discuter ensemble. La rupture de la séquence pendant laquelle ils avaient communié dans l'analyse de la vidéo d'Anne Imhof les mirent face à un monde inconnu, où ils allaient devoir décider s'il y aurait un début de relation entre eux, et ils décidèrent prudemment de n'échanger que des riens, tandis qu'ils marchaient vers le hall de sortie en traversant la foule. En y arrivant, Paul remarqua de grands panneaux explicatifs auxquels il n'avait pas encore accordé d'attention. Ils exprimaient la fierté que l'institution ressentait d'organiser cet événement. Retraçant la carrière d'Anne Imhof, ils utilisaient un vocabulaire guerrier, qui racontait qu'elle avait volé, tel un grand conquérant de l'Antiquité, de victoire en victoire. Des victoires du progrès, bien entendu, des victoires de la lumière sur les ténèbres. Des victoires révolutionnaires. Après avoir « investi », « pris d'assaut » telle ou telle institution, Anne Imhof faisait l'honneur au Palais de Tokyo de payer tribut à la conquérante de la décennie, d'être « subverti » et content de l'être. En réalité, elle avait juste vampé, non sans talent, des culturocrates européens, qui lui ouvrirent pratiquement sans négociation leur carnet de chèques, avec une forme d'enthousiasme digne des Milanais à l'annonce de l'arrivée de Napoléon en 1796, dans l'introduction de *La Chartreuse de Parme*. Il fallait que tout ceci prenne un tour disruptif, ravageur et créatif, qui plaise à la fois à la presse hebdomadaire de gauche (favorable aux abolitions) et au pouvoir en place (favorable aux « *game changers* »). On avait un peu de mal à comprendre sur qui ou quoi elle avait gagné une victoire : c'était un communiqué de victoire sur l'ennemi, sans ennemi. À moins que… Paul eut tout à coup en tête une lecture politique de cette soirée :

« Peut-être, fit remarquer Paul à Erika en suivant sa pensée, finalement, l'ennemi est-il ici, le plus planqué possible, sous la forme de ces quinquagénaires culturels rassis qui prennent un air artificiellement enthousiaste, qui se félicitent les uns les autres de cet événement, surtout en présence des journalistes. Remarquez qu'ils essaient de paraître les moins privilégiés, les moins au pouvoir, et les moins hétérosexuels possible. Car c'est bien un peuple mondial fluide, et non une élite nationale solidement genrée, dont l'avènement historique est célébré par Anne Imhof, ce soir. Cet événement sonne le glas de leur pouvoir. Ils ont cédé au mouvement, mais n'ont pas pris part à la gloire de l'avoir précédé, voulu, aimé d'avance. Il faut qu'ils aient l'air de trouver ça formidable, pour présenter leurs excuses à la gagnante de ne pas s'être penchés sur son succès naissant, de ne pas l'avoir attendue depuis l'aube des temps. Ils ont beaucoup à se faire pardonner, et c'est pourquoi ils ont conçu à la hâte, juste avant cette soirée, des éléments de langage dont le zèle doit faire pâlir ceux de leurs voisins. Regardez, nous sommes en pleine génuflexion des rois mages. Ils vont collaborer à fond à ce nouveau monde, ça c'est sûr, d'autant plus qu'ils n'y ont aucune place, dans le dernier espoir de négocier la date et les conditions de leur départ, le plus tard et le mieux possible. Ils savent que c'est foutu. À la fin, ils iront tailler leurs roses, et les copains d'Anne Imhof s'installeront dans leurs bureaux de direction. Les vieux gagnants, au moment où ils vont quitter la scène, doivent avoir l'air de rester dans le coup. La victoire totale de l'espèce d'inexorable gentillesse mystique qui se dégage du travail d'Anne Imhof rend ces redditions grimées en ralliements, ces reniements silencieux, ces souffrances narcissiques exacerbées, les sourdes restrictions mentales de ces futurs remplacés contraints d'approuver ce qu'ils ne peuvent empêcher, bref, le spectacle de ces puissants collés au mur, encore plus cruel. Il y en a là-dedans qui nourrissent encore quelques espoirs de rebond. Les plus jeunes, les moins compromis. L'histoire leur apprendra probablement que ce seront les plus vieux et les plus compromis avec l'ancien monde qui s'en sortiront le mieux. Enfin, quoi qu'il en soit, tout le monde souffre.

— Paris est la capitale des maladies d'amour-propre », lui répondit Erika, en ayant l'air de penser que Paul en était atteint.

L'infirmière d'un rocker

Paul et Erika se quittèrent sobrement. La question toujours délicate de la « bise », et plus particulièrement de la première bise, avait été réglée, à l'échelle de la France et même de l'Europe, par la pandémie de coronavirus. Ils s'étaient donc fait un signe de main, suivi d'une légère inclinaison du buste en ce qui concernait Paul. L'instant d'après, Erika reçut un coup de téléphone. Elle adressa à Paul un dernier regard avant de se concentrer sur sa conversation, dont il devina, à l'air neutre et concentré qu'elle prit, qu'il s'agissait plutôt d'une conversation professionnelle, probablement importante puisqu'il était neuf heures du soir. Paul se dit qu'il fallait vite lui tourner le dos pour ne pas la gêner. Cette décision de la faire disparaître de sa vue, en pivotant sur ses talons dans la direction du taxi qui l'attendait, lui apparut comme une petite souffrance que sa volonté lui infligeait. En même temps, s'il lui avait expliqué tout de go qu'il allait trouver un prétexte bidon pour sécher son dîner afin de rester avec elle, il aurait peut-être suscité chez Erika, qu'il sentait à la fois fantaisiste et profondément sérieuse, un mouvement de recul. Si elle n'était pas trop naïve, elle devait bien se douter que la pensée de l'inviter à dîner avait effleuré Paul ; sa réserve, son respect des formes et des délais convenables seraient portés à son crédit, espéra-t-il. Être bien élevé consiste à souffrir volontairement pour la noble cause de la pudeur d'autrui, voire pour la cause de l'hypocrisie générale qui consiste à reculer l'inéluctable, conclut-il, plutôt satisfait de son analyse, et assez sûr qu'il reverrait Erika très bientôt, dans des circonstances qu'il serait délicieux d'organiser. Il constata au passage, comme si c'était aussi évident qu'un mal de tête qui aurait passé, que sa mélancolie schopenhauerienne avait entièrement disparu, et que la perspective d'écrire de nouveaux romans et de persister dans son rôle de critique littéraire lui paraissait de nouveau parfaitement naturelle et raisonnablement désirable. Si son séjour en bateau était un obstacle à une occasion de revoir Erika, le ketch resterait à quai.

Paul alla à son dîner, l'esprit entièrement occupé d'Erika. L'idée de faire la conversation à un autre être qu'elle l'ennuyait. Pierre, qui l'invitait, était son ami d'enfance et d'études, et il avait mélangé à ce dîner des gens comme Paul – deux écrivains et un éditeur – avec deux paires de hauts cadres d'entreprise, qui étaient à peu près cultivés et capables de conversation générale. Paul était poli, et il essaya donc de soutenir la conversation avec un minimum de vivacité, ce à quoi il parvint à peu près. Mais il était absent, et il ne vit rien des nombreux raffinements de décoration, ni ne goûta la délicieuse cuisine qu'offrait le bel appartement de la rue de l'Odéon où il était reçu. Tout ce luxe lui était habituel chez

Pierre, qui avait réussi en grand sa vie professionnelle, et la conversation de ces animaux parisiens était connue d'avance. Rares étaient les surprises, les nouveautés. Ce qui pouvait arriver de plus intéressant, dans un de ces dîners, était l'introduction d'un jeune débutant, ou d'un philosophe. L'étrangeté du discours philosophique, qui offrait toujours des angles inattendus et comme tombé d'un monde ancien où penser était une activité en soi, non subordonnée à un intérêt plus ou moins noble du penseur, plaisait beaucoup à Paul. Quant au débutant, son trajet futur se déduisait des qualités qui perçaient sous sa jeunesse, c'était intéressant. Plus ou moins doué et donc plus ou moins admis à revenir dans le cercle, le jeune premier ou le philosophe avaient dans tous les cas quelque chose à dire du monde à venir. Mais il n'y en avait pas ce soir, et Paul ressentait les mêmes impressions qu'au beau milieu d'une grippe : une espèce d'indifférence de fer, en l'espèce pour une distraction – le dîner en ville en tant que phénomène social où chacun pouvait évaluer sa notoriété et la qualité de cette notoriété – qui avait cessé de lui plaire. Pendant l'apéritif, en pilotage automatique, extérieur à lui-même, il disait les choses qu'on attendait qu'il dise. Il n'était là que pour justifier une réputation : cultivé, original, au courant avant tout le monde. Il était vraiment temps qu'il parte de Paris, mais en attendant, il voulait honorer le dîner de son ami Pierre.

Celui-ci l'avait placé à table à côté de Marie-Pauline. Paul la préférait comme amie de son deuxième cercle que comme écrivain, dont il n'avait jamais vraiment compris le talent. Elle venait de publier un roman dans lequel les blessures psychologiques intimes de son héroïne se transformaient noblement en combats politiques et sociétaux. Elle entreprit de parler boutique à Paul : éditeurs assoiffés de profit, baisse tendancielle de l'à-valoir ; émissions culturelles totalitaires et formatées, attachées de presse avantageuses et corruptrices ; libraires au mieux bornés, au pire sectaires ; critiques sournois aux agendas mystérieux ; raréfaction du lectorat cultivé ; en un mot toute l'assommante litanie des contrariétés du métier d'écrivain, qui devaient être transformées, disait-elle, en *facteurs de succès* par un auteur conscient des enjeux de sa précieuse carrière. Tout cela était assommant, d'autant plus que la réponse à la question implicite de Marie-Pauline – la question millénaire de la *recette infaillible du succès* –, était connue de Paul depuis longtemps : pour piloter les intérêts d'une carrière, il suffisait de savoir qui couchait avec qui et qui était propriétaire de quoi (sachant que la deuxième information était deux fois plus importante que la première, hélas pour la réputation de l'espèce humaine, dont le ventre est plus puissant que le cœur). Muni de ces deux informations, un acteur normalement intelligent pouvait anticiper 90 % des décisions prises dans son champ professionnel, les 10 % restants relevant du miracle ou du hasard. Accompagnée d'une poularde aux morilles et arrosée d'un Gruaud-Larose, cette conversation était finalement tolérable, même si Paul l'interrompait mentalement toutes les trois minutes pour se retrouver seul avec le visage et l'impression de l'être d'Erika.

Il eut une espèce d'absence extatique d'environ trente secondes où il essaya de reconstituer le plus précisément possible les traits de son visage, comme s'il allait mourir sur-le-champ et qu'il devait se préparer à présenter à Dieu ce qui avait justifié sa vie. Pendant ces trente secondes de grande exaltation intérieure, il ne percevait que très faiblement le son de la voix de sa voisine. Celle-ci était amicale, mais commençait manifestement à le trouver dans un état étrange. Paul décida de l'interroger sur son roman, pour essayer d'en finir avec elle. Il écouta à peine le récit vibrant d'une héroïne courageuse et fragile, victime combative d'un épais préjugé collectif; bref, pensa Paul dans un ricanement intérieur probablement indigne de sa générosité profonde, c'est la quarantième assomption romanesque d'un agneau pascal féminin de la rentrée littéraire.

Ne sachant pas trop quoi faire d'autre, il approuva la trajectoire politique et mentale du personnage de Marie-Pauline. Encouragée, elle développa la portée émancipatrice de celui-ci, et l'extension de son message à toute la société. Paul, qui voulait qu'elle cesse de lui parler et était prêt à la vexer un peu pour y parvenir, finit par lui dire qu'elle aurait écrit des livres de piété pour les jeunes filles si elle avait vécu au XIXe siècle, car elle avait un sens inné pour satisfaire la demande des institutions morales qui prévalaient à un moment donné. Il utilisa des périphrases mélioratives dans lesquelles il s'efforçait d'être aimable, parce qu'il était poli, mais le message était passé : il n'avait rien contre son roman, ne l'ayant pas lu, mais il le suspectait d'être dopé à la moraline; et – menace implicite – si elle continuait de lui en parler, il allait se foutre de sa gueule publiquement. Paul était assez proche de l'auteure et le vin avait assez coulé pour qu'il lui dise à voix basse :

« Marie-Pauline, si je te résume très brutalement, ton héroïne pleurniche et elle fait la morale à la terre entière. »

Il était difficile de lui dire qu'il se foutait complètement de son œuvre, et qu'il aurait souhaité rester seul avec le souvenir et l'espoir d'Erika, mais encore plus difficile de lui dissimuler son mouvement de recul devant l'argument de son roman. Il lui semblait que Marie-Pauline, sans s'en rendre compte, gâchait son talent à s'emparer de sujets dont la terre entière s'emparait, ce qui, d'un côté, lui garantissait une espèce de sécurité idéologique, mais, de l'autre, lui interdisait le vrai succès et barrait la voie personnelle. Plus profondément, Paul en avait assez des héroïnes femmes, et d'ailleurs de toutes les victimes du patriarcat, c'est-à-dire à peu près la terre entière – moins les patriarches. Il avait l'impression que la littérature était devenue l'instrument de l'inexpiable vengeance de sept milliards d'êtres humains envers un petit millier de patriarches répartis sur la surface du globe, confits dans leur connerie, madérisés dans leurs privilèges, mais leur capacité de nuisance restant mystérieusement intacte. En tout cas, sa phrase, à la limite des convenances – car dans un dîner composé *d'acteurs de la scène culturelle*, tout le monde est censé se trouver passionnant –, fit mouche. Marie-Pauline, qui le connaissait assez bien pour savoir que quelque chose ne tournait pas rond, finit par dire à la cantonade :

« Paul doit avoir un chagrin d'amour, car il tient des propos sexistes et ne me pose pas de questions intelligentes.

Mais je te pardonne, car en régime de croisière, tu es charmant et plutôt pas con », termina-t-elle en se tournant vers lui.

Tout le monde rit, avec une nuance d'indulgence pour Paul. Il se rappela qu'au fond, Marie-Pauline était une bonne amie, bien disposée, et qu'il pourrait l'utiliser pour comprendre pourquoi il pensait tout le temps à Erika, et ce qui pourrait en advenir.

« Bon, Marie-Pauline, reprit Paul à voix basse après que le rire collectif se fut dispersé, pardon pour mes propos sournoisement hostiles. Faisons un deal : j'écrirai un article favorable sur ton magnifique roman plein de morale si tu m'aides à décoder ce qui se passe dans la tête d'une jeune femme très belle et très intelligente dont je ne te dis pas qu'elle m'intéresse, hein, mais bon, quand même…

— Ça marche, mais pour l'article tu peux aller te faire foutre. Je couche gratuitement avec mes amants, donc je pense gratuitement pour mes amis. Ni pute ni consultante.

— Marie-Pauline, même si ton roman ne casse pas des briques, ce que je crains, mon article sera dithyrambique car, en l'écrivant, j'aurai à l'esprit la sympathie que j'éprouve pour ta personne en cet instant.

— OK, vas-y raconte. Je la connais ?

— Forcément. Enfin, c'est probable. Au moins de nom et de réputation. Je préfère ne pas te donner son nom, pour préserver la pureté de ta réaction. Elle est grande, brune, elle a le nez long, elle est très bien faite avec des proportions de type Aphrodite, elle a un regard dans lequel se disputent la réserve et la joie, elle…

— Avance.

— Donc nous étions à une exposition, je ne la connaissais que de réputation…

— Et là, victime d'un choc esthétique, tu la dragues direct en prenant un prétexte vaseux pour lui adresser la parole.

— Non, le prétexte n'était pas vaseux. Il s'agissait de la perception d'une œuvre d'art.

— Oh là là, vaseux de chez vaseux.

— Si tu veux, il y a eu un moment de grâce, où nous avons parlé de cette œuvre qui était sous nos yeux, et est née entre nous une sorte d'harmonie…

— Elle s'est laissé draguer. Elle t'a répondu de façon intelligente. Voire spirituelle. Elle était en phase.

— Si tu veux exprimer les choses comme ça, oui.

— Et après ?

— Rien. C'était juste un moment.

— C'est tout ?

— Elle m'a percé à jour en dix secondes.

— Faux. Elle te connaissait avant. Je le sens.

— D'une certaine façon.

— Arrête avec tes mystères. Je suis une tombe, donne-moi des informations qui tiennent la route.

— Ok. C'est Erika…

— … Dauze ! C'est marrant, je l'avais mise dans la liste, quand tu as commencé à me parler.

— Plus bas, on pourrait nous entendre.

— Dans trois jours tout Paris sera au courant si vous prenez un verre ensemble, et dira que vous baisez comme des phoques. Tu sais ça.

— Mais pourquoi pensais-tu à elle ? C'est intéressant.

— Parce que c'est ton genre. Le genre quant-à-soi prononcé, sélective, farouche, aimable, *upper class* qui s'excuse de ses privilèges en étant parfaitement polie avec la terre entière, léchée, cérébrale. Je pense qu'elle vient de rentrer en phase de sélection d'un mâle alpha potentiellement reproducteur, qu'elle épousera selon le rite catholique, apostolique, et romain. Elle a l'âge.

— Ah, mais tu as l'air de bien la connaître !

— J'étais en khâgne avec elle. Elle marchait sur l'eau. Elle est rentrée à Normale. Madame a fait HEC après, pour voir si elle s'avilirait au contact de ce genre d'esprit. La réponse fut non. Elle collabore à trois magazines, en attendant…

— Quoi ?

— L'amour, Paul. Je suis l'infirmière d'un rocker, je sais de quoi je parle.

— Ah, tu vis toujours avec lui ? Il n'était pas facile-facile, dans mon souvenir. Cet oubli de soi a quelque chose de très XIXe siècle, bravo Marie-Pauline. Et s'agissant d'Erika, tu aurais une espèce de… comment dirais-je ?

— Pronostic, recommandation, encouragement, information sur son orientation sexuelle ?

— Euh, toute information que ton amitié jugerait utile serait bonne à prendre…

— Je l'ai vue avec un type beau et mou, puis longtemps après avec un autre, moche et énergique, qu'elle a tous les deux virés au bout de trois mois. C'est une princesse compliquée, Paul. Mais c'est exactement l'objectif qu'il te faut. Elle et toi, vous errez fiévreusement dans les ténèbres, vous intellectualisez à outrance des trucs très simples, vous êtes complètement planants et légèrement irresponsables à la fois, vous êtes snobs comme des gardons, sans le savoir en plus, ce qui accroît encore l'envie bien naturelle de vous gifler, rien qu'à voir vos gueules comiques de privilégiés n'arrivant pas à régler leurs problèmes de riches. Bref, vous êtes faits l'un pour l'autre.

— D'accord Marie-Pauline, d'accord. Mais dis-moi, sur une échelle de un à dix, quelles chances me donnes-tu de développer une relation avec Erika, telle qu'à un moment, la question se pose de savoir comment faire durer, étendre et approfondir cette relation ?

— Tu me fais marrer avec ton lexique de cahier des charges d'algorithme.

— D'accord, mais combien ?

— Six.

Le momentum Erika

Le lendemain matin, Paul se prépara comme chaque semaine au comité de rédaction des pages « Culture » de *La Gauloise*, qui se tenait toujours à 11 heures, afin de laisser aux oiseaux de nuit le temps d'arriver à peu près frais. Paul fut sur place à 9 heures, muni d'un cahier bourré de notes sur ses articles à venir et ses propositions de thèmes pour les autres rubriques. Il rejoignit d'abord l'*open space* où était son bureau, qu'il ne fréquentait que trois demi-journées par semaine, ouvrit son courrier essentiellement composé de livres accompagnés de leur dédicace, souvent assortis d'un joli carton sur lequel était écrit un mot familier, enthousiaste et vaguement érotique de l'attachée de presse de l'auteur (« Paul, tu es l'homme qui compte le plus dans ma vie pendant que j'écris ce mot », semblaient signifier ces mots tracés d'une belle écriture de femme dévouée qui demandait, sans l'écrire, un article pour son poulain).

Puis il consulta ses mails. Les jours de comité de rédaction, il prenait un soin particulier à lire les mails des lecteurs qui réagissaient à ses articles, comme un homme politique qui va « sur le terrain ». Dans les vingt mails environ qu'il recevait par semaine, il y en avait trois à quatre provenant de lecteurs intéressés et pertinents, désireux de partager sans espoir de récompense leur point de vue sur un roman avec leur critique favori. Ils étaient devenus pour Paul ceux que Flaubert appelait des « amis inconnus », à qui il répondait, parfois avec retard, mais fidèlement. Il les imaginait dans leur appartement, leur bureau ou leur maison en pierres blondes du Beaujolais, volant du temps à leur famille ou leur travail pour s'exprimer, mus par le besoin de dialoguer sur l'art littéraire, leur âme en sureté.

Venait ensuite la catégorie de mails que Paul avait appelée : le « jet de bile isolé », dans lequel, sans que l'envoyeur prenne beaucoup la peine d'argumenter sur le fond, il insinuait plus ou moins ouvertement que Paul manifestait par ses écrits une détestable position de privilégié en surplomb indifférent aux souffrances du peuple ; ou/et qu'il était notablement inculte parce qu'il avait négligé de citer tel auteur, tel événement ou tel texte en rapport évident avec le roman dont il traitait ; ou/et que le fond de son propos était cruellement pauvre ; ou/et artificiellement laudatif et donc sentait le renvoi d'ascenseur, voire méchamment négatif et sentait donc, dans ce cas, le règlement de compte, mais dans tous les cas, il était stérile et non avenu ; ou/et que l'expéditeur regrettait amèrement le prédécesseur de Paul, un homme intelligent, cultivé et honnête, lui ; ou/et qu'il fallait que l'époque fût arrivée à un état de décadence indescriptible pour qu'il ait un emploi important à *La Gauloise*, et enfin que sa vraie place était marquée en dehors des sphères de l'esprit, et en tout cas de la littérature. À ces mails situés au seuil de l'injure sans oser le franchir, Paul répondait parfois par des mots courts et charmants qui, lui avait dit une amie psychanalyste consultée sur la pathologie de ces lecteurs, avaient dans la plupart des cas pour résultat de relancer leur haine encore plus violemment que l'absence de réponse, ou de l'abolir d'un coup, beaucoup plus rarement.

Ensuite venait le tour des lecteurs que Paul avait intitulés « les désespérés en général », qui déploraient la marche du temps tout en dévoilant leurs souffrances intimes, le prenaient à témoin de l'injustice globale qui les frappait, en tirant un parallèle imaginaire entre le contenu de son article et les vicissitudes de leur vie privée. Incapable de s'emparer et encore moins de se charger de la demande latente de ces messages, Paul envoyait à ces lecteurs un mot courtois mais évasif, qui témoignait plus de son attention que de sa compréhension, de sa sympathie que de son aide, de ses remerciements pour leur lecture que d'une réponse à leur souffrance.

Les mails de la catégorie « Kommandantur » fermaient la marche : mielleux et menaçants, se réclamant d'une parfaite moralité par contraste avec celle, supposée abjecte, du destinataire, ils étaient écrits en style de lettre anonyme sous l'Occupation, étaient bourrés de sous-entendus avilissants dont Paul avait l'impression que leurs auteurs n'eussent pas été capables d'en donner la version franche et à ciel ouvert; car tout était violence et confusion de malade mental dans la tête de ces correspondants venant de la lie de son lectorat, mais qui avaient l'air, hélas, socialement très bien intégrés. Parfois, ces expéditeurs envoyaient simultanément une version de dénonciation à la rédaction en chef, et une de menaces à Paul lui-même.

Cette semaine, ses articles avaient traité de deux livres qui n'avaient entraîné aucun sentiment négatif chez ses lecteurs : un journal d'errance de Simon Liberati, zébré de saillies géniales sur les rapports entre l'art pictural et romanesque, et sur la manière de ne pas conduire sa vie pour la réussir ; et le dernier roman de Frédéric Beigbeder, fêtard, cynique, généreux rentré, avec son lot de mémoire en puzzle, d'aphorismes drolatiques, le tout sur fond de légèreté énergique et d'intelligence négligemment employée. Paul avait toujours un courrier très cohérent avec les romans qu'il traitait.

Ses tâches terminées, il leva le nez, vit une créature qu'il ne connaissait pas – probablement une stagiaire vu son jeune âge –, se dirigeant vers la salle du comité de rédaction, chargée de dossiers. C'était une femme, donc il pensa à Erika. Eût-il croisé une nonagénaire en chaise roulante qu'il aurait pensé à Erika. La veille, avant de s'endormir avec en tête le chiffre six qui représentait les chances de réussite que Marie-Pauline lui avait données, il avait conçu son plan pour revoir Erika dans des conditions idéales. Cette réunion du service « culture » était le lieu qu'il avait choisi pour l'appliquer. Il se leva pour s'y rendre.

Déjà installée à sa place, Mahaut Teyssedoux, la rédactrice en chef des pages « Culture », était l'incarnation même de ces femmes parisiennes que le monde nous envie, qui associent les ravissants stilettos aux idées radicales. Hiératique, elle intimidait ceux qui ne la connaissaient pas ; elle était aussi intellectuellement très sélective, adepte d'un marxisme platonicien dont la formule était peu répandue dans le grand public, mais bien répertoriée par les penseurs de gauche ; par ailleurs très ouverte à la contradiction, et d'une vie sentimentale intense qui l'amenait à déménager à peu près tous les ans, son fils sous le bras. Paul lui vouait une reconnaissance éternelle, car elle l'avait tiré d'une existence dont le classicisme institutionnel commençait à l'ennuyer, où il écrivait dans une grande revue tout en enseignant à Sciences Po, pour le plonger dans l'univers de la presse magazine dans lequel, lui avait-elle dit, « le contraste entre les cons et les pas cons s'accuse à cause de la vitesse à laquelle il faut travailler ». Cela faisait maintenant huit ans qu'ils œuvraient ensemble ; Paul l'appelait « Princesse Leia » pour rendre hommage à sa combativité, à son courage, et à la constance avec laquelle elle poursuivait ses buts. Ils n'étaient d'accord sur rien, sauf pour se trouver réciproquement dignes d'intérêt et d'amitié.

Paul, numéro deux de la rédaction à cause de la place éminente de la littérature dans le ciel de la culture, avait sa place en face d'elle à la table ovale de la salle de réunion. Outre les huit journalistes qui tenaient chacun une rubrique, deux nouveaux personnages étaient présents dans cette instance. Paul avait été en effet prévenu, par un mail général de Mahaut, que Cyril Ledoux et Aymar Dujoly se joindraient à la réunion pour y faire jouer les « synergies du groupe » (Paul imaginait Mahaut ricaner en écrivant ce mail), et faire connaissance avec l'équipe, au sein de laquelle elle leur souhaitait la bienvenue.

Invité par Mahaut à s'exprimer, Cyril Ledoux fut direct : il venait d'une chaîne d'information continue appartenant au « groupe » également propriétaire de *La Gauloise*, chaîne où il animait une « tranche d'infos », avait-il expliqué, en prenant un air menaçant de mâle dominant du paysage médiatique. Il avait dit cela d'un air de mépris pour l'improbable Martien qui n'aurait pas déjà su qui il était, avant cette réunion. Sa vocation, continua-t-il, était d'y retourner pour monter un magazine culturel. Tout le monde comprit : c'était une étape indispensable dans sa trajectoire vers les proches sommets du quatrième pouvoir, du moins s'en était-il persuadé. Il venait à *La Gauloise* s'initier à la vie éditoriale des pages « Culture » (et en acquérir au passage un vernis, pensèrent *in petto* les participants). Le teint pâle, la barbe de trois jours finement ciselée, le regard mauvais où l'on lisait à la fois un complexe de supériorité et une intelligence limitée, de surcroît très vite arrêtée dans ses rares élans par une immense prétention, il était vêtu, comme à la télévision, d'un costume italien qui lui collait au corps, probablement pour mettre en valeur ses muscles avantageux de trentenaire supposément glamour. Sa prétention à l'attractivité sexuelle se manifestait du bout de ses chaussures au sommet de son brushing, mais une rumeur insistante disait de lui que son absence de charme, l'espèce de brutalité de sa prétention, le néant de sa conversation, la pauvreté tant de sa sympathie que de sa culture, le condamnaient à aller de râteau en râteau.

De sorte qu'il faisait face à un paradoxe insoutenable : alors même qu'il se vivait comme la perfection urbaine parisienne de la première moitié du XXIe siècle, en tout cas dans le registre mâle hétérosexuel, il se prenait tôle sur tôle avec les Parisiennes jolies et intelligentes. Il lui paraissait pourtant évident que son standing médiatique l'amènerait un jour à partir sur la Côte d'Azur en avion privé avec une créature séraphique et fameuse, aux pieds desquels tout Paris se pâmerait, mais dans la réalité il n'avait fini par séduire que la maquettiste de *Valeurs Actuelles*, assez jolie catholique de stricte observance qui le poussait au mariage en devenant de plus en plus nerveuse au fur et à mesure qu'il se dérobait. Contrarié, il rêvait encore d'amours fracassantes avec des romancières branchées, voire d'étreintes à l'*Eden Rock* avec des héritières glamour, voire de week-ends au *Grand Hôtel* de Cabourg avec l'équivalent technique d'Apolline de Malherbe, mais il sentait bien qu'il n'avait pas encore les clefs pour ouvrir les portes de ce monde merveilleux.

Bref, comme beaucoup de gens, il espérait baiser plus en passant par la case culture. Mais comme tout semblait lui résister, et que rien ne lui disait qu'il atteindrait cet objectif, malgré le soutien du management du groupe, il devenait de plus en plus méchant. Un des avantages de cette époque féministe, pensa Paul en observant Cyril et en imaginant son univers intérieur à la fois furieux et étriqué, était de sanctionner de privation de vie sexuelle le relâchement, jusque-là impuni, de l'intelligence des hommes.

Aymar Dujoly, l'autre nouveau, à peu près du même âge que Cyril, avait, selon la présentation débitée d'un ton neutre qu'en fit Mahaut, une mission plus « organisationnelle et prospective ». Ce chauve muni de lunettes métalliques dépendait du pôle « Contenus, Culture et Médias » du groupe, et faisait la tournée des « *business units* de production de contenus » – en clair, les deux télévisions, les trois magazines, les deux journaux quotidiens et la plateforme « d'e-commerce culturel » du groupe – afin, dit-il en prenant la parole à l'invitation de Mahaut, d'imaginer une « offre multicanal groupe » sur la base de « la mutualisation digitale des contenus générés par les entités ». Le groupe venait en effet de changer d'actionnaire de référence, et les nouveaux dirigeants entendaient explorer toutes les économies possibles et toutes les occasions d'augmenter le chiffre d'affaires. Aymar se lança dans un court exposé très sec, où il développa l'idée que la « génération de Free Cash Flow » était un facteur d'indépendance (car un magazine profitable est un magazine libre), et le « Return On Assets » de stabilité institutionnelle (car un actionnariat content est un actionnariat qui reste). L'idée était qu'il ne fallait pas avoir peur des financiers, mais au contraire leur rendre grâce pour toutes les initiatives visant à optimiser les opérations et à consolider le patrimoine de l'entreprise. Un silence de plomb accueillit ce discours, qui avait déjà été tenu par les actionnaires de référence précédents, avec ce même accent prophétique et mobilisateur. Le résultat en avait été, vu de la rédaction, que les collaborateurs des anciens actionnaires, à l'état-major du groupe, étaient anéantis un à un par les étrangleurs ottomans du nouvel actionnaire. Aymar, qui connaissait la sombre et implacable logique de ces purges, n'avait pas l'air très à l'aise ; la peur semblait l'habiter, et il griffonnait nerveusement des notes après avoir dévisagé les intervenants d'une manière étrange.

Les présentations faites, Mahaut, d'un air parfaitement neutre, put passer à l'ordre du jour, qui était simple à énoncer, mais parfois laborieux à épuiser. Il s'agissait, comme d'habitude, de dégager les thèmes qui seraient traités au prochain numéro et, de là, à répartir les papiers à écrire. La réunion était généralement interrompue par une courte pause à 12 h 30, puis reprenait jusqu'à sa conclusion, prévue à 13 h 30. Les journalistes ayant autant de mal à se coucher qu'à se lever, il était normal qu'ils déjeunassent tard.

Mahaut aimait bien commencer par les sujets faciles, tels que la rubrique « style de vie » – que Paul avait rebaptisée, mais seulement quand il était seul avec elle et portes fermées, « passementerie et hygiène intime » – mais aussi les expositions, les événements, les restaurants, les nouvelles boîtes de nuit, les tendances de la consommation, enfin tout ce qui relevait de l'éphémère de la civilisation urbaine. Tout le monde aimait ce moment où l'on apprenait des choses à la fois légères et vouées à une disparition rapide, comme l'invention d'une nouvelle classe affaires dans une compagnie aérienne, ou l'ouverture d'un « *dance corner* » dans un grand magasin. Cyril Ledoux, tout en essayant de conserver sa posture de star en visite sur le terrain, s'épanouissait comme un gamin en entendant les différentes propositions des journalistes sur les papiers à écrire, car il était dans son domaine : les gadgets de la vie, les clapotis surnuméraires, les nouvelles voitures et les hôtels tendance. Il avait forcément un profil d'« *early adopter* à haute contribution », bien repéré par les directeurs du marketing, et en tant qu'« influenceur » il avait accès à toutes les nouveautés, soit gratuitement, soit à prix cassés. Il se tut pendant la réunion, bien qu'il eût terriblement envie de briller en étalant sa science de la consommation statutaire; il avait en effet appris dans une session de managers du groupe qu'il fallait être humble, ou à tout le moins le paraître, et fermer sa gueule était une technique infaillible pour y parvenir. Il se contenta donc, en rongeant son frein, de laisser dépasser sa carte d'Ambassadeur Nespresso de son portefeuille posé sur la table, et sa Rolex de ses poignets mousquetaire.

Les sujets légers, consensuels et amusants, ayant été définis et attribués assez rapidement, il restait le lourd : les essais d'idée, l'art dramatique, les romans, les arts visuels, la musique et l'opéra. Mahaut déclara l'heure de la pause arrivée, afin que chacun prenne des forces pour attaquer le gros du débat, et fit signe à Paul de la suivre dans son bureau.

La porte fermée, Paul éclata de rire :

« Dis donc, Princesse Leia, il a l'air très con le Cyril de la télé, là. On va se le cogner longtemps?

— Ouh là là, c'est vraiment un Mickey de chaîne d'infos dans toute son horreur insipide, quelle abomination. Un supplétif de la saturation informationnelle qui déplace de l'air, mais pas beaucoup, remarque, tellement il est vain. Il n'a pas l'air de se rendre compte qu'il vit dans la "poussière des emplois subalternes", comme disait ton duc de Saint-Simon. Ne t'inquiète pas, il n'a aucune importance, dans six mois il retournera à la télé pour planter l'audience de la tranche horaire qu'on lui aura confiée.

— Je le regardais attentivement pendant la réunion, et je trouve qu'il a une gueule à se faire découper en morceaux dans un roman de Bret Easton Ellis, dans les chiottes d'une boîte de nuit new-yorkaise.

— Exact, répliqua-t-elle, bien vu, Paul ; je le verrais bien saigné par un psychopathe typique d'un roman de BEE, le genre comptable bipolaire sadique... qui n'aurait raté aucune de ses apparitions sur la tranche d'infos continues depuis six mois, perfectionnant sa haine de Cyril tout en bouffant face à sa télé des poulets chop suey dans des boîtes en carton, dans son studio sale de la 88e Rue, pas loin de chez Warhol...

— ... Et qui travaillerait à l'arme blanche, bien sûr. Attends, je vois la scène... Après l'avoir repéré dans la boîte, dansé à côté de lui, il le suit et le pousse dans les chiottes, les ferme, et l'assomme à moitié.

— Quoique sonné, Cyril garde toutefois son air con et prétentieux...

— ... ce qui déclenche l'*hubris* meurtrière de notre ami comptable bipolaire...

— ... qui lui décoche un premier coup de couteau dans les omoplates en lui disant d'une voix douce : "Tiens, ça c'est pour dire au revoir à ton SUV Volvo XC 40..."

— ... un deuxième dans la cuisse, tout en lui susurrant à l'oreille : "Tiens, petite merde, ça c'est pour dire *bye* à ton loft atypique dans l'hypercentre..."

— … et notre ami comptable sadique jouit parce qu'il voit que sa victime a trop mal physiquement pour souffrir moralement de ce qu'il perd avec la vie…

— … parce qu'il ne perd que des conneries, tiens.

— … d'où, chez notre comptable, la prescience qu'il fait bien de le buter. Au fond, il lui rend service.

— Et là il assène le coup de grâce dans l'abdomen en lui disant : "Et là ma poule, je te renvoie dans ton séjour cathédrale, hi hi hi." Il a de l'humour, en plus, notre copain.

— Paul, n'envoie surtout pas de mail à BEE pour lui filer la scène, dit Mahaut en riant, fais-la toi-même.

— OK, Princesse Leia. Bon, arrêtons de rire, et raconte-moi l'autre gars, là, Aymar, qui ressemble à un triton californien. Je dis ça parce que je le suspecte d'avoir le ventre jaune pour alerter ses prédateurs qu'il contient du poison, et qu'ils n'auraient donc pas intérêt à le bouffer. C'est la marque de cette espèce. Le triton californien a inventé le concept de dissuasion du faible au fort.

— Ah Aymar… C'est juste un espion du siège, qui va dire du mal de nous pour essayer de placer ses potes à mon poste et au tien, notamment, et lui au-dessus, à la direction. Du banal. J'ai déjà prévu la contre-attaque, je te raconterai quand je serai à la manœuvre, mais franchement on s'en fout. Ce qui serait bon, c'est qu'ils sortent tous les deux complètement hallucinés de la réunion. Tu peux leur filer la berlue ?

— Évidemment. Euh… *By the way*, j'aurais un petit service à te demander pour les trois prochains numéros…

— Je t'écoute.

— Bon, ce serait de demander à Erika Dauze trois papiers…

— Ah, Erika, mais bien sûr, il fallait que tu dragues Erika Dauze, c'était écrit dans les étoiles, mais où avais-je la tête ? Et sur quoi les papiers ? Tu veux que je trouve le thème, en plus ? Ha ! ha ! ha !

— Non, je pensais à…

— OK, Paul, je m'en fous du thème, ses papiers sont excellents et bien sûr j'accepte. Le détournement de la politique éditoriale à des fins amoureuses est un puissant levier de qualité du contenu, c'est un grand classique. Tout ce qui est écrit sur les fesses de son amant ou de sa maîtresse est excellent, je ne te fais pas l'injure de te rappeler la fameuse lettre du vicomte de Valmont. Tu en es où avec elle ?

— Nulle part, je veux juste la revoir.

— Paul, la vraie vocation d'un milieu est de fabriquer des occasions d'aimer. »

De retour dans la salle, Mahaut donna la parole à Paul, qui défendit l'idée de faire un grand dossier sur Régis Debray, qui venait de publier, comme trois fois par an, un excellent essai. Régis Debray avait cet immense avantage, dans le contexte particulier de la réunion, de permettre à chacun de briller dans la discussion, et de noyer les deux envoyés du siège, Cyril et Aymar, sous un flot d'érudition. Le chroniqueur art dramatique parla de la « graphosphère » dans son rapport avec le théâtre contemporain, fit des dégagements brillants sur Stanislavski et Brecht, le spécialiste des sciences humaines situa les positions de Debray dans la sociologie contemporaine, Paul parla du romantisme révolutionnaire à travers les âges, et tous firent assaut de citations, évoquèrent des théories comme s'il était évident que tout le monde devait les connaître, bref, furent odieux avec un bel ensemble. Cyril prenait l'air de celui qui comprend et qui pense même au-delà de la discussion elle-même, alors qu'il était dans l'état d'esprit d'un lapin sur l'autoroute, figé de trouille à l'idée qu'on lui demande son avis. Aymar trouvait que ces intellectuels n'avaient manifestement pas le moindre intérêt pour le compte de résultat, qui ne pouvait être amélioré qu'en sélectionnant des sujets à la portée des lecteurs, avec des angles frais et joyeux, et était consterné. À l'issue de ce festival d'échanges ardents, Mahaut, ravie, conclut la réunion : « C'est parfait les amis, nous avons notre prochain cahier, je vous envoie les calibrages et les angles définitivement retenus ce soir. Dernier point, je pensais faire signe à Erika Dauze, pour une série de quatre articles sur les tendances esthétiques dans les grandes ères culturelles : asiatiques, africaines, américaines, européennes… C'est Paul, avec qui j'en ai parlé, qui se chargera de lui mettre en main l'affaire. Ça te va, Paul ? »

Paul acquiesça d'un mouvement de tête, en évitant le regard narquois de ses collègues, qui avaient compris ou, sinon compris, suspecté une manœuvre amoureuse, car Erika leur paraissait correspondre parfaitement à l'idée qu'ils se faisaient des cibles de Paul. Celui-ci avait bien noté que Mahaut lui avait donné quatre, et non pas trois articles à faire, comme il l'avait réclamé. De surcroît, ces articles étaient ambitieux, donc de nature à valoriser leur auteur. Il avait des ressources en plus pour déployer son plan Erika. Il se battrait pour Mahaut jusqu'à la mort.

Cyril se leva, totalement lessivé par la séquence sur l'œuvre de Régis Debray. Il trouva Mahaut, qui avait si bien manœuvré pendant toute la discussion, si bien arbitré, décidé, participé, d'un érotisme fabuleux, et il était en train de tomber amoureux de toute cette littérature et cet esprit, après les avoir tant craints. Il se dit, car décidément il était dans l'erreur par vanité, que de sortir avec elle pourrait lui donner un lustre culturel, même si elle était manifestement ce qu'il aurait appelé, avec ses amis de la chaîne d'information, une « pétasse gauchiste ». Il aurait l'air ouvert d'esprit, s'il se savait, en ville, qu'ils avaient une liaison. Dans les médias, il était important et chic d'avoir l'air d'un aigle qui planait au-dessus des camps politiques. Mahaut sortit, le salua poliment mais avec beaucoup moins de déférence que s'il avait été un technicien de surface. Il n'avait pas la moindre chance.

Resté dans la salle, Aymar écrivit un mémo à destination de la directrice de la stratégie du groupe. Il développait l'idée qu'il venait d'assister à une sorte de soviet insurrectionnel tenu par des intellectuels prétentieux confits dans l'entre-soi, qui n'avaient ni l'idée, ni l'intention ni les capacités de « changer de *mindset* pour adresser les tendances du marché en travaillant sur l'adaptation de la proposition de valeur éditoriale », et qu'il fallait de toute urgence annihiler ce foyer de sédition, avant que son esprit n'infecte les autres entités éditoriales du groupe.

La voie orale

Paul alla déjeuner seul dans un japonais de *standing* intermédiaire, rue Sainte-Anne, à cinq minutes de la rédaction. Le restaurant japonais parisien est rarement de *standing* intermédiaire ; il est généralement soit *discount* et plein d'employés de bureau au déjeuner, soit hors de prix et rempli de couples au dîner, mais celui-là avait trouvé un créneau intelligent, qui lui permettait d'être modérément mais constamment occupé au déjeuner comme au dîner. Paul avait pris son cahier, celui sur lequel il préparait les réunions du comité de rédaction, pour mettre à plat quelque chose d'assez inutile sur le fond, mais qui calmait un peu sa fièvre : une sorte de plan Erika. Cette exaltation soudaine pour Erika lui fournissait des images très en avance sur la réalité objective de la situation – il voyait des soirées de discussion entrecoupées de longs baisers, des voyages culturels avec étapes dans des hôtels hors du temps et à l'écart du monde, des dîners entre amis avec un fond de Léonard Cohen, un grand lit partagé qui serait le théâtre de scènes torrides et l'abri de longues phases lascives de lecture – et devait être calmée au moyen d'une sorte de planification amoureuse dont il savait, au fond, qu'elle était sans autre objet que de le préparer mentalement à l'action, un peu comme un soldat range son sac et refait les nœuds de ses rangers avant le combat. Il ouvrit son cahier devant ses sashimis apportés par un Philippin débonnaire qui connaissait bien ses habitudes de penseur solitaire, et lui avait trouvé une place tranquille.

Il récapitula d'abord les raisons qui l'avaient amené là où il en était. Il avait créé avec la complicité de Mahaut, écrivait-il en s'appliquant comme un écolier, les conditions parfaites pour revoir Erika – une sorte de biotope provisoire dans lequel Mahaut lui avait concédé un permis de draguer Erika –, mais il aurait pu s'y prendre autrement : décrocher bravement son téléphone et lui dire qu'il aurait aimé la revoir. Il avait bien songé à cette approche directe, mais l'avait éliminée au profit d'une approche indirecte, après un examen minutieux de la première option. Cet examen avait abouti à la conclusion suivante : l'avantage d'une approche directe, c'était que Paul serait apparu aux yeux d'Erika comme ayant le courage de ses désirs, ou au moins de ses phantasmes, ce qui lui aurait plus plu qu'un type qui arrive de biais, la gueule enfarinée, son ambition réelle mal dissimulée derrière un prétexte fagoté en hâte. D'ailleurs, depuis environ une soixantaine d'années, la plupart des femmes préféraient l'approche directe : avant, dans les années 60, il était encore de bon ton d'avoir l'air concerné le plus longtemps possible par la morale, par les choses sociales, voire culturelles, bref par des idéalités convenables aux yeux des régulateurs des mœurs publiques et privées, les mamans, les tantes, les curés, les colonels, mais il ne fallait surtout pas avoir l'air motivé exclusivement par le désir. La fiction l'emportait, dans ces temps lointains. On était arrêté par une femme belle et intelligente qui sollicitait intensément son imaginaire érotique, mais on était supposé lui démontrer qu'on n'était pas seulement intéressé par sa beauté et son intelligence, mais aussi par d'autres choses, plus idéales, plus socialement convenues. La sincérité de l'élan était associée au désintéressement érotique. C'était le pendant de l'abominable idée puritaine selon laquelle une femme vertueuse ne pouvait être que frigide. Le puritanisme ambiant allait peut-être faire revenir cette époque étrange, d'ailleurs, mais en attendant, il était encore légitime de *brancher* les filles pour l'unique raison qu'on les trouvait désirables, sans avoir à blablater sur sa parfaite moralité et ses motivations éthérées. L'attirance pure était encore légitime. L'approche directe restait encore tolérée. Toutefois, elle se heurtait en pratique aux inhibitions particulières des personnes en cause et Paul, qui était d'une psychologie complexe, n'était pas exempt d'inhibitions.

L'avantage de l'approche indirecte, à prétexte pseudo-professionnel, qu'il avait finalement choisie, était qu'elle ouvrait tout un univers : travailler ensemble, réfléchir ensemble, déjeuner ensemble, discuter ensemble. Quatre articles, cela faisait au moins huit rencontres, sans compter les coups de fil pour les planifier, pour en préciser l'objet, pour en peaufiner les conclusions, pour en perfectionner la rédaction. Le portique du bonheur. Peut-être qu'à chacune de ces rencontres, Erika aurait une nouvelle tenue, une coiffure différente, des idées fraîches du jour, dans un contexte – café, salle de réunion, *open space*, restaurant – renouvelé.

Bref, si l'approche indirecte fonctionnait comme il l'espérait, le mois à venir allait être un long *road trip* – certes, un peu intellectuel au début, mais qui avait vocation à évoluer – avec une déesse opérant de merveilleuses métamorphoses, laissant son compagnon de voyage effeuiller voluptueusement ses secrets. Alors qu'une approche directe aurait débouché sur un dîner « roulette russe », où il aurait pu compromettre d'un seul coup ses chances, en bafouillant ou en laissant tomber son verre de vin, par exemple. Paul était parfois maladroit. Il préféra prendre le risque d'avoir l'air sournois que celui de n'avoir qu'une chance.

Paul avait déjà noirci plusieurs pages de son cahier de remarques plaisantes, comme celles qui précèdent. Maintenant qu'il avait le doigt dans l'engrenage, continua-t-il à penser avec l'ardeur d'un forcené, il allait falloir rentrer en contact avec Erika, et pas plus tard que le jour même. Là encore, deux options se présentaient : l'option vocale, et écrire un sms. Il partagea une feuille de son cahier en deux colonnes : la colonne sms, la colonne vocale. Paul réfléchit, tout en avalant distraitement les lamelles de gingembre vinaigré qui accompagnaient ses sashimis. Le sms est écrit, donc dangereux, coucha-t-il sur le papier. Le sms est volontiers tarte, si le destinataire n'a pas un *a priori* très favorable vis-à-vis de l'expéditeur. Après quelques tentatives de rédaction de sms sur son cahier, qui commençait à être saturé, puis sur la nappe du restaurant, il se convainquit qu'ils avaient tous, mêmes ceux qui se voulaient neutres et techniques, un potentiel de ridicule ou de malentendu qu'il n'assumait pas.

Il fallait donc opérer par voie orale. Il écrivit : VOIE ORALE, en lettres capitales, entre son verre de San Pellegrino et sa coupelle de sauce sucrée. Le serveur philippin lui demanda s'il voulait des feuilles de papier. Il était vraiment discret et prévenant. Paul tâta le fond de sa poche pour s'assurer qu'il avait bien un billet pour le pourboire, et répondit que oui, il en voulait bien. Au fond, ce Philippin, dont il ne savait rien, était à la trame même de la potentielle plus belle histoire d'amour de sa vie. Il marqua « Marie-Pauline, Mahaut, Philippin du japonais » sur la nappe, comme pour placer les personnages d'une esquisse de grand tableau futur, dont Erika serait le centre. Marie-Pauline aurait représenté le courage et la lucidité nécessaires à Paul pour conquérir Erika, Mahaut la mystérieuse déesse mythologique créant les conditions pour que les acteurs fussent mis en présence, et le serveur philippin, l'indispensable et modeste personnage chargé des aspects matériels de l'affaire, sans lequel rien de concret n'est possible.

Après avoir écarté l'option sms, Paul entreprit d'imaginer la phrase-clef qui introduirait son propos, ou qu'il laisserait sur la boîte vocale d'Erika. Le piètre résultat fut le suivant :

« Bonjour Erika, c'est Paul de Salles à l'appareil (*respirer une seconde*), je vous appelle à la suite d'une discussion avec Mahaut (*ne donner que son prénom, car donner son nom aussi aurait l'air de penser qu'Erika ne connaît pas son monde, donc serait méprisant, or si Erika pense que je suis méprisant, tout est foutu, tout est consommé, c'est la fin du monde*), qui m'a donné votre numéro de téléphone (*ne pas oublier de préciser cette origine professionnelle de son 06, sinon Erika pourrait croire que je l'ai extorqué à une de nos connaissances communes*), parce que nous avons songé à vous pour écrire quatre grands articles, ce dont nous serions ravis si vous acceptiez (*ici, prendre un ton entraînant, mais pas trop, le nuancer de réserve professionnelle*). Je vous propose d'en parler quand vous voulez, le plus tôt qu'il vous sera possible. À bientôt. »

C'était très plat, froid, compact, d'une médiocrité très en-dessous de son expression ordinaire ; mais alors même qu'il passait sa vie à écrire, il avait mis une bonne demi-heure à accoucher de cette phrase sans sel. Le glissement progressif du sujet dans le message – Mahaut, puis « nous », puis « je » – lui paraissait toutefois une manœuvre digne du *Prince* de Machiavel, une sorte de coulissement génial. À ce stade, Paul n'avait plus beaucoup de lucidité.

Il rentra chez lui, prit une longue douche, se rhabilla comme pour sortir car il n'imaginait pas appeler Erika en caleçon – la dignité de cette relation naissante en aurait souffert –, alla dans sa chambre, puis regarda le plafond pendant une bonne heure sans penser à rien. À 18 h 45 son réveil sonna : c'était l'heure qu'il s'était donné pour tenter d'atteindre Erika. Si elle répondait, surtout, garder le contrôle, réfléchir à ce qu'il allait dire, mais rester spontané.

Elle décrocha au bout de deux sonneries. Paul ressentit une brusque et légère brûlure du bas de son ventre jusqu'au plexus solaire.

« Bonjour Erika, c'est Paul de Salles à l'appareil, je...

— Ah Paul, quel plaisir de vous entendre... »

Paul rentra en lui-même pour prendre la mesure de ce qu'il venait de vivre : elle avait dit « Ah Paul, quel plaisir de vous entendre » puis suspendu sa phrase, l'invitant à poursuivre. Il se répéta silencieusement cette phrase étonnante, puis la décomposa à toute vitesse :

« Ah » marquait une heureuse surprise, qui n'était d'ailleurs peut-être pas une surprise.

« Paul » signifiait qu'elle reconnaissait sa personne comme faisant partie de cette heureuse surprise.

« Quel plaisir de vous entendre » confirmait la promesse contenue dans le ton qu'elle avait mis à dire « Ah Paul », tout en évoquant un monde de lait et de miel dans lequel lui, Paul, avait sa place voire, pourquoi pas, sa place à ses côtés.

Paul vit, dans une brève séquence d'hallucination, un *Te Deum* célébré à l'église Saint-Germain-des-Prés où une chorale féminine chantait « Ah Paul, quel plaisir de vous entendre » sur un air de Mozart, suivi d'une soirée « Ruinart à gogo » chez *Castel*, au cours de laquelle Erika et lui aurait dansé sur la piste, entourés de leurs amis. Dans une mystérieuse anfractuosité spatiotemporelle où leur vie se serait déroulée en cinq minutes, ils auraient fait des bébés aux applaudissements enthousiastes des danseurs, assuré les soins de leur éducation, vieilli en se tenant par la main, et, ayant surmonté toutes les épreuves que la vulgarité du mal aurait mis sur la route de leur indissoluble vie commune, enlacés jusqu'à la fin, auraient crevé le plafond du dance floor pour rejoindre Dieu lui-même, laissant à l'humanité reconnaissante le témoignage d'un pur amour.

Cette brève effusion de son imagination dura un peu moins de deux secondes, puis Paul réalisa qu'il devait répondre à Erika. C'était à lui. Il aurait voulu d'une oreillette dans laquelle il aurait recueilli les conseils de quelqu'un de solide comme Marie-Pauline installée en régie, sur la prochaine phrase à prononcer. Cette excellente amie de bon conseil lui aurait dit : « OK, Paul, réponds calmement : … et moi de réussir à vous joindre, chère Erika. » Il se lança tout seul :

« … rmmm quel plaisir de vous entendre, Erika, rmmm, je vous appelle car ce matin, en comité de rédaction, Mahaut et moi avons eu l'idée de vous confier quatre articles de fond sur un sujet – rmmm – d'esthétique contemporaine qui vous irait comme un gant…

— Ce serait formidable, j'adorerais ; ne pensez-vous pas que le mieux serait que nous en parlions ? Pourriez-vous demain au *Rouquet*, par exemple, à 18 h 30 ?

— Bien sûr. Demain. Au *Rouquet*. À 18 h 30. Bonsoir Erika.

— Bonsoir Paul. À demain. »

Après avoir raccroché, Paul fut envahi d'un sentiment de bonheur calme. Demain serait comme hier : un jour extraordinaire où il verrait Erika. Erika, qui avait l'air contente de le voir.

Il s'aperçut qu'il avait reçu un sms de Frédéric, également adressé à Pierre, dont celui-ci était aussi l'ami intime. Frédéric leur demandait de se libérer tous les deux pour le déjeuner du lendemain. L'amitié qu'ils avaient tous trois mettait ce message tout en haut des priorités, et Paul décommanda son déjeuner du lendemain avec un journaliste de France Culture qui voulait probablement s'épancher sur les injustices dont sa carrière avait à souffrir, tout en remerciant le ciel que son rendez-vous avec Erika ait lieu en fin d'après-midi. Tout avait l'air de s'articuler spontanément.

L'opération Bergerette

Frédéric arriva à 13 heures précises à *L'Industrie*, place Saint-Germain, restaurant qu'il avait moins choisi pour son agrément que pour le large espace entre les tables, qui permettait que les propos tenus restassent confidentiels. À la différence de Pierre, dont l'avenir se jouait dans les affaires, et de Paul, qui réussirait ou non en littérature, Frédéric exerçait son premier mandat de député du Jura, et il était question de lui pour devenir secrétaire d'État ou ministre lors du prochain remaniement. Ils arrivèrent tous les trois presque ensemble, et ne mirent qu'à peine deux minutes à se saluer et à commander : l'ambiance était studieuse, car Frédéric avait quelque chose à leur dire ; c'était donc en quelque sorte un déjeuner de travail, et on n'était pas là pour choisir longuement les plats et bavarder au gré de la fantaisie de chacun.

Frédéric était considéré comme un interlocuteur politique fiable et particulièrement intelligent, dans un spectre partisan qui allait des souverainistes amateurs d'Europe des Nations aux européistes épisodiquement traversés par un sentiment patriotique, les deux sensibilités étant réunies pour considérer que l'économie de marché devait être encadrée, sans être entravée, par un État à peu près fonctionnel et préoccupé de l'évitement de la guerre civile, d'esprit conservateur mais pas réactionnaire, le tout nappé d'une dose décente de préoccupation sociale. Des gens sérieux, représentant un gros tiers de l'électorat, et potentiellement majoritaires dans le pays, dans les situations de bipolarisation. Il était très respecté en raison de sa culture générale étendue et de son sens de la repartie, qui lui valaient toutefois d'être la cible de tous les ignorants à l'esprit lent de son parti. Ceux-ci feignaient de croire que leur ignorance et leur lenteur intellectuelle étaient un gage de simplicité et d'expérience commune avec le fond de l'électorat ; ils appelaient leur propre lenteur le « bon sens partagé », et essayaient sans succès de disqualifier Frédéric au motif éculé qu'il était « dans sa bulle », et supposément « déconnecté ». Il était simplement curieux, intelligent, très travailleur, et était capable de produire des conceptions politiques solides, toutes qualités qui lui valaient d'être freiné, mais pas arrêté dans son ascension vers le sommet de l'État. Incapable de véritable avilissement en raison de la passion qu'il éprouvait pour sa vocation politique, Frédéric s'était fait une place qui allait de la droite jusqu'au centre-droit. Effilé, tendu, courtois mais peu souriant en public par principe, suffisamment établi pour ne pas perdre son temps à se fabriquer des unités de bruit médiatique sur les plateaux de chaînes d'information continue, on venait le voir, et il avait rarement à se déplacer. À 35 ans, ne pas courir à la recherche d'appuis était déjà un grand résultat, et il avait le temps devant lui. Ce jour-là, il avait pourtant l'air de faire face à un problème très difficile.

« Camarades, dit-il en levant son verre pour trinquer, je vous ai demandé de venir en dehors de notre traditionnel déjeuner mensuel, où l'ordre du jour est plutôt nos vies personnelles, parce que j'ai un problème dans le parti. Ce problème est de nature existentielle, sinon je ne vous aurais pas demandé de me soutenir. Bon, même si vous ne le vivez pas tous les jours, vous savez ce que c'est qu'un parti, donc le mien : à la base, les militants, sel de la terre, croient véritablement (et ils ont partiellement raison) que le parti, une fois au pouvoir, incarnera des valeurs et déploiera une politique visant des résultats qui s'inscrivent dans une certaine conception de la société, la leur, que la majorité a le droit d'imposer poliment à la minorité. Pour le reste, c'est-à-dire les permanents, il s'agit à 80 % d'une bande de minables, de truands, ou les deux d'ailleurs, qui, correctement dirigés par un management intermédiaire à peu près efficace, produit des édiles locaux et des représentants de la Nation lors des phases électorales. S'agissant de la sélection des dirigeants du parti, il y a des instances, dont je suis membre, qui envoient certaines personnalités se frotter aux électeurs. Ceux qui reviennent élus deviennent des figures locales et éventuellement des cadres dirigeants du parti. Je vous prie de m'excuser pour ce rappel un peu scolaire des fondamentaux, dit-il l'œil rieur, mais il faut bien introduire le sujet.

« C'est à ce point de mon exposé que viennent les rôles du président de la République et de la tête de l'exécutif, qui font pression sur le parti pour promouvoir un tel ou une telle, et généralement ça marche, ils l'imposent. Or, il y a un coup qui vient de côté-là et que je n'ai pas vu venir à temps. Le problème a grossi dans l'ombre et je ne vais pas pouvoir le régler tout seul.

Voilà le sujet : il existe une femme, enfin un être, on va le dire comme ça, Charlène Karpov, qui s'est fait élire député aux dernières élections législatives comme moi, et dont j'ai de bonnes raisons de penser qu'elle va être mise en orbite pour devenir la candidate du parti aux prochaines municipales parisiennes. Mon souhait politique est de l'arrêter avant qu'elle soit désignée.

« Ça devrait être encore possible, parce qu'elle est dans une phase d'acquisition de notoriété dans laquelle on peut organiser, avec l'aide toujours généreusement offerte de sa bêtise, un accident médiatique et une opposition politique, mais il va falloir y mettre le paquet, et discrètement, en tout cas au début. Elle est en effet poussée par le Président, donc tout le monde veut l'aider : les ratés, les fayots, les opportunistes, les chercheurs de lumière. Ça fait du monde, auquel l'Élysée a adjoint des professionnels efficaces sous la forme de consultants.

« Vous voyez la séquence d'ici : dans quelques jours, trois connards vont dire dans les médias qu'on « parle d'elle » et que ce serait formidable pour Paris qu'elle soit candidate. Là-dessus, faisant semblant d'observer avec bienveillance un phénomène de montée de la popularité d'une jeune femme pleine d'idées et d'avenir, soutenue par un mouvement aussi spontané que démocratique au sein du parti, nos instances la désigneront pour la primaire interne tout en la favorisant en douce pour qu'elle la gagne. Si elle gagne l'investiture, c'est foutu, car soit elle fait un bon score et c'est une catastrophe retardée puisqu'elle pourra s'en prévaloir pour parader à la direction du parti et dans les médias, soit elle gagne carrément l'élection et là c'est une catastrophe nationale immédiate. Il faut exclure l'hypothèse qu'elle fasse un mauvais score, car sa plastique avantageuse, ses *média training*, et le fait qu'on lui paiera un excellent *speech writer* dont elle lira mot pour mot les discours, l'amèneront à au moins 20 %, j'en fais le pari. Je veux épargner ça à ma ville, à mon camp politique, à la politique elle-même, à l'humanité, et surtout à mon pays. J'ai un devoir vis-à-vis de lui, qui est de lui fournir, autant que j'en aie le pouvoir, des responsables politiques avec un cerveau. Il faut l'arrêter maintenant. J'ai un mois et demi. Vous me pardonnerez ce que mon souci a de vulgaire, dit-il pour conclure, je ressens moi-même un immense ennui à régler ces problèmes du second ordre, mais sans ordre dans le second ordre, le premier ordre ne peut pas advenir.

— Avant de parler de la manière de vaincre l'ennemi, peux-tu nous dire pourquoi l'ennemi est l'ennemi ? demanda Pierre, qui sentait qu'il allait s'amuser à ce déjeuner, malgré le désarroi de Frédéric et la légère distraction de Paul, qui essayait de cesser de penser à Erika pour se concentrer sur le problème de Frédéric.

— C'est l'ennemi parce qu'elle est vide. Je détaille la notion de vide : inculte, prétentieuse, cynique sans grandeur, maligne sans s'être proposé un grand but qui justifierait sa malignité, dénuée de sympathie tout en la surjouant, ne voyant dans la chose politique qu'une projection phantasmatique et étroitement petite-bourgeoise de son appétit de puissance. Je ne l'ai jamais entendue dire un truc un peu intelligent, seule la vaine gloire de sa binette d'héritière d'un épais compte en banque lui importe, tout est chez elle ramené au laborieux objectif de se rendre sympa dans l'opinion, dans les rédactions, et chez les producteurs de pognon. Elle a le sourire épanoui d'une influenceuse sortant sous les flashes d'une limousine avec un nouveau sac. Elle traite ses collaborateurs comme de la merde, mais hélas le réservoir des naïfs prêts à faire une expérience politique est infini, donc malgré la rotation des effectifs, elle a du personnel. Et puis elle est capable de représenter un courant, qui sera probablement une espèce de bulle féministe et écolo gonflée à l'hélium, avec lequel il faudra que je fasse des compromis dans des phases délicates.

— Tu m'as vraiment l'air remonté contre cette malheureuse, remarqua Paul. Sur le plan littéraire, il est plutôt plein, ton vide, continua-t-il en sortant son nouveau cahier pour prendre des notes. Mais tu m'accorderas qu'on ne peut pas être aussi vide que tu le dis, il y a un angle mort dans la description que tu nous fais. Dieu nous crée potentiellement pleins, tu te souviens de la phrase de sainte Thérèse d'Avila : "Dieu a créé des petits pots et des grands pots, l'important à Ses yeux n'est pas leur taille, mais qu'ils soient tous remplis." »

Le regard de Frédéric prit une expression métallique, rare chez lui mais bien répertoriée par ses collaborateurs qui en craignaient l'apparition, et qu'il n'avait que lors des grandes bagarres politiques, environ tous les trois ans, où il s'agissait de savoir qui dirigerait le parti.

« Si tu vas par-là, je pense que Dieu avait prévu pour Charlène un rôle de bergerette lascive sur la corniche des Cévennes, un truc comme ça, mais comme le Diable a anéanti le monde rural, elle est venue nous faire chier à Paris avec ses illusions sur elle-même, qui se sont transformées en prétentions, obtenant un certain succès compte tenu de l'effondrement du niveau général d'évaluation des talents. Écoute, Paul, j'ai poussé la conscience professionnelle jusqu'à organiser un dîner avec elle, son mari et ma femme à la maison. C'était pour que ma femme Aude me dise ce qu'elle pensait d'elle, et de son "couple", avec beaucoup de guillemets. Tu vois, je voulais croiser mon regard avec celui de ma tendre épouse…

— Oui enfin, "tendre" n'est pas le premier adjectif qui me vient à l'esprit s'agissant d'Aude, reprit Pierre… Aude est d'une autre étoffe que ta Charlène, si je la saisis bien d'après ta première description : ta femme chope de l'exéma quand elle regarde BFM, elle est calviniste, tout ce qui est bidon la révolte, et elle écoute à 4 heures du matin les sermons sur la tentation du pasteur du temple de l'Étoile, quand elle a une insomnie. Comment as-tu pu penser qu'elle tolèrerait quelqu'un comme Charlène, d'après ce que tu m'en décris ? Déjà que son seuil de tolérance est très bas…

— Ah ça ! Tu la connais, après le dîner, Aude était déchaînée, elle a crié dans la cuisine jusqu'à 2 heures du matin. Je me suis fait engueuler en grand : on n'avait pas idée d'inviter des ploucs pareils à dîner ; tout ce que savait faire cette fille idiote, disait-elle en parlant de Charlène, c'était de tenir des bébés africains sur les photos, comme Bernard Kouchner des sacs de riz ou Kim Kardashian des costumes d'homme ; son mariage puait le *business model* à cent kilomètres ; d'ailleurs son mari était à la fois sournois et mutique, et il avait des boutons de manchette de pizzaiolo en goguette ; des gens pareils, je pouvais me les garder pour les heures ouvrables dans des locaux destinés à cet effet, mais j'aurais dû m'interdire de les importer dans l'enceinte sacrée du domicile familial où pionçait notre enfant-roi ; elle avait loupé à cause de moi un dîner qui promettait d'être génial avec une copine diaconesse qui avait un projet de jardin biblique pour les petits Burkinabés ; tenir la jambe à cette imbécile très probablement liftée de Charlène était une épreuve qu'elle ne mettait pas au nombre de celles qu'elle avait acceptées en se mariant avec moi, etc., etc., bref j'ai essuyé une dégelée d'anthologie. Après ce dîner, la nuit, pendant une quinzaine de jours – une quinzaine, les copains – j'ai eu vue sur le dos de ma femme, recouvert d'un pyjama à carreaux hideux qu'elle ne met que lorsque nous sommes au bord du divorce, tant elle était furieuse. Enfin ça va un peu mieux depuis quelques jours, mais ce fut difficile. En tout cas, ma propre impression sur Charlène a été confirmée, c'est le moins qu'on puisse dire.

— J'adore ta femme ; quand je pense qu'elle dansait à moitié à poil sur les tables il y a dix ans, et là, tu te prends un assaut d'artillerie protestante…

— Elle dansait à moitié à poil, mais sous le regard de Dieu. Tu vois la grande différence avec danser à poil tout court.

— Au bilan, Aude n'a pas aimé Charlène, tu n'aimes pas Charlène, la France n'a rien à gagner avec Charlène. Dans ce contexte, nous allons t'aider, n'est-ce pas, Paul ?

— Oui oui, bien sûr.

— Frédéric, il faut excuser Paul, reprit Pierre en riant, sa combativité est émoussée par sa rencontre avec Erika Dauze, avant-hier soir. Il en a parlé toute la soirée chez moi à Marie-Pauline, qui a bien voulu remettre un peu d'ordre dans son esprit rendu confus par cette apparition séraphique.

— Ah ! C'est donc Erika Dauze, la mystérieuse créature dont me parlait Mahaut ! Je comprends mieux… Figure-toi que j'ai eu ta cheffe Mahaut avant de venir, au téléphone, car je l'invitais à la présentation à la presse du programme de politique culturelle du parti. On a papoté, et sachant que je suis ton ami, elle m'a raconté en se marrant que tu t'étais servi de ton journal pour te rapprocher, tel le puma en maraude, de ta proie féminine, sans me citer son nom, hein, quand même… Voilà, je reboucle… Tous mes vœux t'accompagnent, Erika est magnifique. Et puis elle plairait à Aude, elle ; si tu réussis dans ton entreprise, ça me permettra de faire un dîner réussi à la maison. J'en aurais l'usage conjugal, de ton Erika, ha ha.

— C'est formidable, je n'ai même pas encore pris un Perrier rondelle avec Erika que tout le monde est au courant de mes sentiments et de mes préparatifs…

Revenons à ton petit problème, Frédéric. Tu vois la manœuvre comment ?

— En fait, il faudrait déjà que je sache si les milieux que vous connaissez tous les deux ont été travaillé dans le sens d'une acceptation de Charlène, et ce qu'ils en pensent. Les pro-Charlène ont besoin, avant de la lancer, de comprendre discrètement si elle est une candidate disons… possible, avant de la rendre crédible à grands coups de consultants arrogants et de média training. Donc, je ne fais rien tant que je n'ai pas une idée de qui a été contacté, avec quel argumentaire, et quel a été son sentiment profond lorsqu'on lui a dit qu'"on parle de Charlène pour Paris". Quand je saurai, je verrai mieux quoi faire.

— "Charlène pour Paris", ce n'est pas mal, comme slogan, s'amusa Paul.

— Merci de ton soutien, Paul. Bon, donc vous y allez ? Paul du côté des journalistes et Pierre du côté business, et on se reparle dans trois jours ?

— Appelons ça "l'opération Bergerette" », conclut Pierre.

Paul et Pierre avaient déjà en tête la liste des dix personnes qu'ils allaient appeler.

Les heures sont longues

À 15 heures, après déjeuner, Paul voulut avancer dans la mission que Frédéric lui avait confiée en appelant quatre journalistes politiques qu'il connaissait. Il s'était donné une heure au plus, pour avoir le temps de rentrer chez lui se préparer à son rendez-vous avec Erika. Il eut de la chance, car il tomba tout de suite sur Godefroi Levieux, un ancien camarade de Sciences Po qui avait suivi la vie politique depuis dix ans pour deux quotidiens nationaux. Godefroi avait connu d'abord le temps de la stupéfaction, puis celui du cynisme, d'où il était passé au désespoir, et, au moment où Paul le joignit, il abordait depuis quelques mois la dernière étape : la sagesse. Elle prenait chez lui la forme d'un mélange d'indifférence asiatique et d'amusement français pour son objet professionnel : les hommes et les femmes politiques dans leur environnement naturel, les partis.

— Salut Paul, demande-moi ce que tu as à me demander, sans circonvolutions préalables, je suis un peu pressé.

— Cher Godefroi, peux-tu me rendre le grand service de me dire ce que tu sais de l'avancée de Charlène

Karpov dans sa conquête de l'investiture de son parti pour la mairie de Paris ?

— Oui, je peux. Tu connais le tarif?

— Oui.

— Bon, elle en est à mon avis à un gros tiers du chemin. Premier tiers, l'Élysée la soutient : ça, c'est fait. Restent les médias et le parti, sachant que les uns entraînent l'autre. Attention : elle a l'Agence 12 avec elle, depuis deux jours ; des méchants, comme tu le sais. Elle va être coachée, coiffée, briefée tous les matins, on va lui apprendre à respirer par le ventre avant de répondre à une question, etc. Elle sera au moins sur quatre plateaux de téloche, quand ils le décideront. Donc, le deuxième et le troisième tiers du chemin peuvent être parcourus très vite.

— Godefroi, quelle est ton appréciation de sa personne politique ?

— Ta question ne tient pas. Pour y répondre, il faudrait qu'elle ait une personnalité et qu'elle ait conçu une idée politique.

— C'est bien ce que je craignais. Dernière question : tu évalues à combien ses chances d'avoir l'investiture ?

— À la rédaction, on m'a demandé la même chose : j'ai répondu six sur dix. On fait des paris, je gagne souvent.

— Encore six sur dix !

— Pardon ?

— Non, rien. Ça concerne une autre affaire pendante.

— Bon, maintenant passe à la caisse : qui t'a demandé de m'appeler ?

— Frédéric.

— Évidemment. Bien sûr... Je l'aime vraiment bien, ton pote. J'espère qu'il aura sa peau. Donc je garde l'info pour moi jusqu'au moment où Charlène chutera, si elle chute. Si c'est le cas, je dirai dans mes articles que, parmi les opposants à son ascension, a figuré Frédéric. Et si elle gagne, je ne divulgue rien, bien sûr. Il faut protéger ton Frédéric.

— C'est honnête.

— Bises.

— Bises.

Paul envoya un message vocal un peu fébrile à Frédéric, lui indiquant qu'il avait appris que Charlène se préparait activement à une sortie médiatique imminente, en étant entourée des meilleurs spécialistes...

Quinze minutes plus tard, il était chez lui, avec une bonne heure pour se préparer. Il prit une douche car il avait besoin de se laver de cette affaire politique, avant de voir Erika. Il opta pour une panoplie sage : une chemise blanche, une veste en lin et cachemire bleu marine, un pantalon gris. Il voulait mettre tous ses soins dans la préparation de son visage. Il tailla sa barbe de cinq jours pour la rabattre en barbe de trois jours, parfaitement dessinée, au poil près, avec toutefois une ou deux irrégularités qu'il trouvait gracieuses et qui pouvaient accrocher, donc retenir, le regard. Il appliqua sur sa peau une crème qui lui donna un toucher lisse et soyeux qui contrastait heureusement avec le piquant de sa barbe. Lorsque ce fut fait, il s'allongea trente minutes pour être parfaitement en forme quand il verrait réapparaître

Erika, et pour lui offrir un visage reposé. Il mit son réveil, essaya de se vider l'esprit, y parvint assez bien. Avant de fermer les yeux, l'idée lui vint que tout le monde prenait trop vite Charlène pour une imbécile, y compris lui, qui ne la connaissait pas.

*

Le Rouquet est un lieu qu'on peut soit fréquenter pour son propre attrait, soit utiliser comme base de repli du *Café de Flore*, quand celui-ci est trop rempli ou que sa clientèle est provisoirement infréquentable. Erika l'avait choisi car c'était un point de rendez-vous habituel dans le monde du journalisme et de l'édition, mais aussi comme un bel endroit en soi, de style 1950, avec des banquettes rouges en skaï, des tubes de néon, et des faux plafonds aux motifs asymétriques et anguleux d'où une lumière diffuse, rouge et blanche, se répandait doucement.

Erika parut. Paul se leva et la salua en lui serrant la main. Elle commanda un thé vert et lui un San Pellegrino avec une rondelle de citron et beaucoup de glace, ainsi qu'un express. Paul lui expliqua brièvement en quoi consistaient les quatre articles que Mahaut et lui avaient en tête, et elle lui répondit :

« Je voulais vous voir vite, car ça va sûrement être possible d'écrire ces articles, qui demandent un peu de travail, mais il faut que vous sachiez que je vais prendre dans dix jours un job amusant mais bizarre, et très provisoire ; le genre de job que je veux mettre au nombre de mes expériences, avant de poursuivre ma route vers quelque chose de solide qui commence vaguement à se dessiner dans mon esprit. Vous vous souvenez peut-être que, quand nous nous sommes quittés, avant-hier, j'ai reçu un coup de fil ? C'était ça : une proposition de job. C'est un truc étrange et à vrai dire peut-être dangereux, mais j'ai envie de voir ça. Donc, je peux faire vos articles, mais je dois tout vous avoir rendu pour la fin de la semaine prochaine ; après, ça risque d'être trop intense.

— J'ai l'impression que vous me parlez de devenir cosmonaute, ou un truc comme ça.

— Il y a de ça ; en tout cas, ça se passe dans une région qui n'est pas tout à fait la terre, dit-elle en riant.

— Vous ne pouvez pas me dire ?

— Si. À vous, si. À vous seulement, car je dois être discrète. Je vais m'occuper des langages, comme ils disent, c'est-à-dire des discours, des argumentaires et des articles dans les journaux pour Charlène Karpov, si elle est désignée candidate à la mairie de Paris, mais ça a l'air d'être bien parti. Je ne veux pas que ça se sache, ou le moins possible. Je me documente sur la vie politique en prenant cette mission, c'est tout. »

Paul, qui jusque-là contemplait Erika en gazouillant intérieurement dans une sorte d'innocence contemplative un peu stupide, redescendit sur terre assez brutalement. Il la regarda comme si quelque chose d'inexplicable et de très contrariant avait eu lieu.

« Vous m'avez bien dit Charlène Karpov ?

— Oui, Paul.

— Mais elle est nnnn…

— Nnnn… quoi ? Nulle, nunuche, neuneu, négligeable, niaise, voire normale, ce qui serait vraiment grave ? demanda-t-elle en riant.

— Tous les qualificatifs que vous venez d'énoncer me paraissent corrects, la concernant. En fait, je dis qu'elle est nulle parce que ça m'arrange de le penser, et que j'ai confiance dans le jugement d'un ami qui la connaît, mais je ne l'ai jamais vue.

— Oui, il est possible qu'elle soit nulle, dit Erika tranquillement, elle m'a eu l'air en effet aussi énergique que limitée, quand nous avons parlé. Vous connaissez donc sa réputation ? Holà, Paul, je vois à votre teint soudainement pâle et votre regard devenu charbonneux que quelque chose ne va pas. Dites-moi tout. J'ai un Doliprane quelque part dans mon sac, si vous voulez.

— Erika, dans l'absolu, je désire que vous fassiez vos articles pour nous et je n'ai rien à dire sur votre projet professionnel provisoire. Dans le relatif, si j'ose dire, par contre, et tout à fait entre nous, je dois vous dire qu'il se pourrait que je participe à… comment dirais-je… une entreprise qui ne serait pas favorable aux ambitions de Charlène Machin. Aïe.

— Comme vous dites. Aïe. Aïe aïe aïe, même. Réfléchissons.

— Là, brusquement, je n'en suis pas très capable.

— Mais quel est le problème, Paul, au fond ? Je me fous que nous soyons dans deux camps politiques opposés, puisque je ne suis dans un camp que pour l'observer. Ce n'est pas comme si nous étions mariés, dit-elle avec une fausse légèreté, comme si elle avait été impressionnée par ses propres paroles.

— Disons qu'en principe je trouve formidable que vous vous amusiez à observer une pétroleuse pétroler, sous prétexte de lui écrire ses discours. Mais si on quitte le plan humoristique, il faut que je vous communique deux choses qui me crucifient : la première, c'est que vous êtes d'une qualité personnelle infiniment supérieure à celle de Charlène – je dis cela simplement parce que je vous ai lue et que je vous regarde – et que c'est quand même con, si on prend un point de vue un peu général et historique, d'avoir fait la révolution française pour se retrouver au service de nuls alors qu'on est beaucoup plus forts qu'eux. L'émancipation par le mérite m'importe, sur un plan politique, dit-il sans avoir l'air convaincu de sa propre déclaration, qu'il aurait fallu beaucoup nuancer pour qu'elle reflète sa pensée véritable. Je comprends que vous vouliez juste vous amuser et observer, mais quand même, songez au cadeau que vous lui faites ! Je serais vous, je ne ferais le job que si, au bout, on m'offrait un château dans l'Aveyron... mais là, on va juste vous payer normalement. Et la seconde chose, c'est qu'en l'espèce, ce n'est pas moi qui veux personnellement la chute de Marlène, dont je me tape comme de son ascension, mais c'est mon meilleur ami. C'est beaucoup plus engageant.

— Paul, si vous cherchez à supprimer la cause d'un conflit – à mon sens très hypothétique – entre nous, pourquoi n'appelez-vous pas votre ami pour lui demander son avis ?

— Vous voyez, vous êtes beaucoup plus intelligente que moi qui suis beaucoup plus intelligent que Charlène : vous n'allez carrément pas la comprendre quand elle parlera, vous aurez besoin d'un traducteur de la langue chic et céleste que vous pratiquez vers sa langue rase-bitume de manager de McDonald's. Attendez, j'envoie un message à mon ami. »

Paul écrivit à Frédéric le message suivant, tout en le lisant à Erika : « Cher Frédéric, il s'élève une difficulté. Je suis en face d'Erika. J'apprends qu'elle va s'occuper des langages de Charlène Karpov. Or, je vais travailler avec Erika, comme tu le sais. Il y a quelque chose de l'ordre du conflit d'intérêt, de la catastrophe morale, du tragique bas de gamme, de l'antagonisme artificiel là-dedans, qui ne correspond pas à mes anticipations pacifiques, et qui, pour ne rien te cacher, me casse les couilles. Que faire ? Bises. »

Frédéric répondit aussitôt : « Cher Paul, ho là là. Bon, seule solution : je te débranche, ne t'occupe plus de Charlène ; tu m'as déjà bien aidé avec ton tuyau de tout à l'heure ; bonne chance avec Erika, ha ! ha ! »

Paul ne fit en revanche pas lire à Erika ce message en raison du « bonne chance avec Erika, ha ! ha ! », qui n'était pas montrable à ce stade, surtout le « ha ! ha ! », qui faisait clairement référence aux potentielles suites sexuelles de ce rendez-vous. Le romantisme de Paul, qui mettait la sexualité dans de jolies brumes silencieuses, refuge d'étreintes voluptueuses entre amants éperdus et d'avance pardonnés par le Ciel, en fut un peu heurté, mais il savait passer par-dessus les petites vulgarités de la complicité amicale entre hommes.

« C'est formidable, Erika, Frédéric m'exempte de guerre contre Charlène, donc vous pouvez la mener à la tête de la mairie de Paris ou à l'Élysée si ça vous chante, nous ne risquons plus de devenir ennemis. Enfin, c'eût été une guerre en gants blancs, mais quand même c'était très gênant, j'étouffais depuis cinq minutes. Mais ça y est, c'est résolu, Charlène est là où elle doit être : dans un désert très loin de nous et nos beaux projets d'articles de fond. Elle dispute des arpents de sable brûlant à des crotales cornus, ses rivaux politiques. Elle croise le diable et des assoiffés en proie à des hallucinations, dans ce monde sans air que vous allez découvrir. En attendant, nous la regardons s'agiter au loin comme si nous étions tranquillement à une exposition, devant un tableau de Jérôme Bosch plein de soufre et de pustules répandues sur la peau de damnés édentés. Reprenons le cours normal de notre conversation.

— Bravo. Parlons de nos articles, Paul. »

Erika venait avec des idées sur ces articles, se disant que c'était dans la discussion qu'elle compléterait l'impression générale qu'elle avait de Paul. Elle était méditative et sérieuse, comme lui, depuis la performance d'Anne Imhof et la discussion qu'ils y avaient eue. La seule différence, c'est qu'elle n'avait pas été traversée comme Paul par des scènes fantasmatiques. Elle était aussi plus sûre que lui de son pouvoir de séduction. Elle avait immédiatement vu qu'elle l'intéressait profondément, car Paul était incapable de dissimuler une impression : c'était une faiblesse de sa cuirasse dont il avait conscience, mais qu'il n'avait jamais réussi à corriger. De son côté, elle avait d'instinct dissimulé son intérêt vis-à-vis de lui, au Palais de Tokyo ; ou plutôt, pour se rattraper de l'avoir accueilli à ses côtés et conversé avec lui sans hésiter, elle avait pris un air neutre, dégagé, mais à l'écoute : une posture intermédiaire entre une Sainte-Nitouche et Patti Smith. Paul avait donc encore un doute, que le « Ah, Paul, quel plaisir de vous entendre » avait à peine dissipé un instant, malgré l'enthousiasme avec lequel il l'avait reçu. Après tout, ce pouvait être une formule, qu'elle aurait déjà utilisée pour des quantités d'autres interlocuteurs. Toutefois, encore obscurément, ils savaient tous les deux que leur conversation devant la vidéo d'Anne Imhof avait quelque chose de très personnel, qu'ils s'étaient repérés et qu'il s'agissait maintenant de se trouver, et d'accorder leurs sensibilités. D'aucuns dansent le tango pour sentir leurs âmes s'ancrer l'une à l'autre, tandis qu'eux, en bons vecteurs culturels parisiens du premier quart du XXIe siècle, bavardaient devant une vidéo étrange à une performance branchée. À chaque couple sa procédure de mise en phase érotique et spirituelle. L'apparition de Paul au Palais de Tokyo avait fait émerger lentement chez Erika, des profondeurs de ses besoins personnels, l'idée que dans sa vie, l'heure n'était plus seulement à l'amusement, mais commençait à être au bonheur. Elle avait 29 ans. Marie-Pauline, avec ses raisonnement rustiques et fatalistes, avait raison : Paul arrivait à point nommé. L'amusement se cultive facilement, mais le bonheur « est une plante délicate », avait noté Erika en lisant Stendhal. Paul avait suscité en elle cette idée de recherche du bonheur, et elle mourait d'envie d'en savoir plus sur lui. Pour elle, « en savoir plus » ne signifiait pas passer des coups de fil, se renseigner sur Paul dans les sphères professionnelles où ils œuvraient tous les deux, bref l'espionner, le cribler, le démasquer, le forcer à distance à révéler ses secrets, comme auraient fait certaines de ses amies, mais au contraire elle gardait son intuition serrée contre elle, et elle voulait le sentir et le juger sans interférences. Le sentir pour confirmer son penchant, et le juger pour décider ou non de le suivre.

Elle proposa à Paul son idée : pour montrer les tendances esthétiques dans les grandes aires culturelles, elle irait chercher, dans chacune d'entre elles, d'abord la représentation des stéréotypes de « ratés », à l'opposé celle des symboles de réussite, et enfin celle des oubliés de la société, abandonnés dans un angle mort. Elle trouverait des portraits de héros, de déchus, d'invisibles. Pour chaque « continent culturel », elle proposait de prendre très peu d'artistes, seulement un photographe ou un plasticien, un cinéaste et un écrivain. Elle était venue avec des photos, l'une saisissant un ouvrier blanc américain au chômage, en surcharge pondérale, dans une ville des Grands Lacs dévastée par la désindustrialisation, l'autre un trader chinois en extase dénouant un deal gagnant, la troisième étant une capture d'écran, retravaillée en peinture, d'un sans domicile fixe dans le métavers, etc. Ils discutèrent longtemps sur les frontières des civilisations qu'Erika allait traiter – frontières politiques, frontières géographiques, frontières mentales. Ils étaient sérieux, réfléchis, mais plaisantaient souvent ;

ils se regardaient par-dessous, leurs yeux semblant se dire : « Ce n'est pas tout, il y a encore autre chose. »

*

La conversation les ayant amenés jusqu'à 20 heures, Paul proposa à Erika d'aller dîner, en marchant sur des œufs :

« Erika, deux choix s'offrent à nous, dit Paul avec un petit ton faussement sérieux, comme s'il commençait un exposé à Sciences Po. Le premier, que je recommande, consisterait à nous déplacer au *Petit Saint-Benoît*, restaurant modeste de la rue du même nom que vous connaissez probablement par cœur, qui offre une incontestable authenticité parisienne, et est à moins de cinq minutes à pied d'ici. L'autre, que je ne recommande pas, consisterait à ce que nous rentrions chacun chez soi, ce qui serait presque une faute professionnelle, ajouta-t-il en riant, et qui aurait en plus un côté très triste, car nous avons l'occasion d'éviter de faire tourner solitairement nos micro-ondes respectifs dans le silence de nos cuisines.

— Paul, je me demandais pourquoi vous ne pourriez pas dire, au lieu de cette longue phrase très compliquée construite autour de deux scénarios dont l'un est fait pour ne jamais voir le jour – et donc pourrait ne pas être évoqué : Erika, voulez-vous que nous allions dîner ensemble?

— Je trouve que votre phrase manque de tournants, répondit Paul, moitié sérieux, moitié plaisantant.

— Alors, sur le chemin du *Petit-Saint-Benoît-où-j'accepte-de-dîner-avec-vous*, vous me raconterez pourquoi vos phrases ressemblent au rallye de Monte-Carlo, ça m'intéresse. »

Pendant qu'ils sortaient du *Rouquet*, Paul répondit :

« C'est vrai que je n'arrive pas à finir mes phrases. En général, plus la personne m'impressionne, plus je m'enferre à développer indéfiniment mon propos, plus j'ai de chances de dire une bêtise, donc d'être contredit par la personne qui m'impressionne, dont j'aurais justement voulu qu'elle ne me contredise pas, ce qui entraîne la conséquence que je redoutais.

— Joli cas de prophétie autoréalisatrice. Je vais être pris pour une débile, donc je fais en sorte de l'être.

— Oui, c'est un peu un handicap. Je me suis réfréné, mais j'aurais pu vous proposer de dîner en prononçant une phrase de vingt minutes. Vous vous seriez endormie. J'aurais pleuré au *Rouquet*, face à une belle endormie, en m'étant coupé moi-même de la route du *Petit Saint-Benoît*. »

Erika était devenue franchement hilare en observant les contorsions de Paul, et en même temps touchée, et flattée, de la simplicité avec laquelle, implicitement, il se déclarait lui-même touché par elle, tout en restant aussi délicat que possible. Le trouble de Paul la mettait à l'aise, ce qui était un peu le but qu'il recherchait. Il avait espéré qu'une nature généreuse, comme semblait l'être celle d'Erika, serait sensible et ouverte à ce mélange de franchise et de timidité qui émanait de lui. C'est un risque qu'il n'aurait pas pris avec une autre. Il se serait affirmé, en étant faux.

« Attendez, lui dit-elle, je vais vous psycho-analyser en vous posant des questions personnelles auxquelles vous répondrez en mentant, et nous irons de mensonge en mensonge jusqu'à la vérité finale. Nous ne sortirons pas de ce restaurant sans savoir pourquoi vous vous tortillez comme ça dans l'existence.

— D'accord, si vous acceptez que je vous pose des questions sur les nombreux mystères qui planent autour de votre personne et de votre réputation.

— Ho ! ho ! Bien sûr. »

Ils marchaient très doucement le long du boulevard. Ils avaient un dîner devant eux, il était encore tôt, rien ne pressait et le temps était doux : cette soirée allait être un monde.

Ils entrèrent, s'assirent, elle sur la banquette, lui sur une chaise, lurent la carte qu'ils connaissaient par cœur. Paul demanda :

« Vous aimez tout ?

— C'est bien ça le problème : j'hésite entre le poisson, la viande et les légumes.

— N'hésitez plus : prenons tout à nous deux. Je vous piquerai des pousses d'épinard et vous me piquerez de la terrine. Je piocherai dans votre cassolette de cabillaud et vous piocherez dans ma cocotte de bourguignon.

— Vendu.

— Rajoutons un œuf mayonnaise bio à nos entrées, car nous allons consommer beaucoup de calories pour mener nos interrogatoires respectifs. Un poil de chablis pour commencer, un poil de saint-estèphe pour continuer.

— Alors, Paul, allons-y, dit Erika après s'être gracieusement débarrassée de son blouson en daim, découvrant une chemise blanche ajustée à sa silhouette dont les trois derniers boutons étaient détachés, je vais commencer par une remarque simple : vous avez un peu l'air de vous prendre les pieds dans vos émotions, quand vous parlez. Je vais continuer par une question : dans quelles circonstances arrivez-vous à parler normalement, je veux dire parler du sujet dont on parle, sans faire des volutes compliquées ? »

Les entrées et le vin furent servis, et Paul enleva sa veste. Cet intermède lui permit de préparer sa réponse.

« C'est rare. Je vois deux cas : dans le premier, je suis en colère et tout devient clair dans mon esprit et mon expression. Dans le deuxième, quelque chose de plus haut et fort que moi m'oblige à être précis, complet, direct.

— Mmmh. C'est bien, vous ne mentez pas, finalement, ça devrait aller vite… En gros, vous avez besoin d'un enjeu extraordinaire pour vous exprimer vraiment et sobrement. En même temps, j'aime bien le côté légèrement cornichon de votre expression ordinaire. Il y a une nuance de gazouillis, de babil, qui touche ma fibre maternelle.

— Disons qu'au bord de moi-même, pour reprendre l'image flatteuse du cornichon que vous utilisez, il y a, c'est vrai, une sorte de forêt de cornichons, et c'est elle que le visiteur voit en premier. Si vous rajoutez à ça que j'ai un physique cornichon, je veux dire de gendre idéal avec la raie sur le côté, la plupart des observateurs de ma personne, s'en tenant à la double impression aspect extérieur / expression orale, concluent logiquement que je suis un cornichon total, de corps et d'esprit.

— Vous avez souffert d'avoir été franc, dans votre existence ?

— Ah ! vous êtes forte, c'est une bonne question. La réponse est : jamais et toujours. Jamais, parce que quand je suis franc, j'ai l'impression d'être tel qu'en moi-même l'Éternel m'a conçu, et donc indestructible, à mon poste, heureux. Toujours, parce que la franchise fait surgir des ennemis de nulle part, à moins de la manifester avec tact, ce qui réclame une expérience dont je ne sais pas toujours utiliser les enseignements. Les gens me trouvent parfois rude, et se vengent. Quant aux écrivains, ils envoient des fléchettes sur ma photo.

— Donc la forêt de cornichons cache un être qui souhaiterait dire les choses aussi clairement qu'il les ressent, mais qui n'y arrive que trop rarement. Vos livres sont comme ça, remarquez : des volutes, des volutes, des volutes, et tout à coup un piqué, genre rapace fondant sur sa proie. Et là on vous sent enthousiaste. Au fond, vous êtes écrivain pour vous mettre en état de faire des piqués.

— Ah oui, Erika, la métaphore fonctionne : en piqué, je me saisis de mon objet, tel le milan noir enserrant le mulot et repartant vers le ciel. J'ai l'impression d'être fait pour ça.

— Oui mais si n'aviez pas la phase cornichon (ou si vous préférez la phase volutes, enfin on se comprend), vous n'auriez pas le plaisir de la phase piqué.

— C'est juste. Derrière le cornichon, le rapace. Vous me flattez.

— Attendez, attendez. Il y a encore quelque chose, sous le rapace.

— Ah ça oui, il y a la condition humaine, à la fois catastrophique et extraordinaire. Ce que je dis est bateau, mais il se trouve que tous les jours, je pense à la condition humaine en général.

— Là aussi, ça se voit. Enfin, ce qui se voit, c'est surtout la manière dont vous prenez la condition humaine. Parce que dans vos écrits, il y a comme une ironie et une démission qui m'attirent et me désolent.

— Ah non, ça c'était jusqu'à avant-hier. J'ai complètement changé de point de vue. Quelque chose a réactualisé l'ardeur de mon catholicisme qui commençait à se zombifier, comme dirait l'autre.

— Ah, et quel est ce quelque chose ? »

Depuis sa dernière réplique, Paul sentait qu'il était engagé et qu'il n'y avait plus de retour en arrière possible. Il avait avancé de dix centimètres vers Erika, qui ne l'avait pas découragé en avançant elle-même de trois centimètres. Leurs corps entraînant leurs mains posées sur la table, celles-ci étaient devenues très proches, il aurait suffi qu'ils allongent tous les deux leur index pour qu'elles se touchent. Paul décida de ne pas répondre à Erika, mais avec une expression qui laissait entendre qu'elle aurait la réponse dans peu de temps. Elle comprit très bien et ne protesta pas lorsqu'il reprit :

« Maintenant c'est à moi de poser les questions. Mais goûtez de ma terrine pendant que je vous pique des pousses d'épinard. »

Ils échangèrent soudainement des propos légers en terminant leur entrée, attendant le moment où Paul poserait ses questions. La cocotte et la cassolette arrivèrent, tellement brûlantes qu'ils avaient le temps de reprendre longuement la conversation avant d'en entamer le contenu.

« Question une : vous êtes très belle.

— Merci Paul, mais je ne vois pas le point d'interrogation.

— Je nous ai fait gagner du temps. Si je vous avais demandé : "Êtes-vous très belle ?", vous auriez par modestie répondu à côté, quelque chose du genre "non, non, j'ai la chance de ne pas être laide", donc je me serais battu pour obtenir la vérité, qui est que vous êtes très belle. Économisons nos forces.

— Bien. Question deux ?

— Question deux : vous êtes très intelligente et j'adore votre sensibilité, tant personnelle que littéraire, d'ailleurs c'est la même chose. »

Erika riait et l'encourageait du regard.

« Merci encore, et je ne vois toujours pas le point d'interrogation. Je suppose que c'est la même chose que pour la question d'avant, vous saviez que j'aurais répondu à côté et vous préférez donner directement la bonne réponse à ma place ?

— Exactement. La bonne réponse, c'est que vous êtes très intelligente et merveilleusement sensible, quelle que soit l'impression que vous en avez vous-même, et l'idée que vous voulez que je m'en fasse.

— Ça ne vous dérangerait pas qu'à un moment, à défaut de répondre à des questions que vous ne me posez pas, je réagisse à ce que vous me dites ?

— C'est votre liberté. Mais je n'en ai pas fini avec mes questions.

— Je n'ai jamais connu un interrogatoire aussi reposant.

— Troisième question : vous êtes, naturellement et par principe, généreuse.

— Ah là, je vous arrête. Je ne vois pas comment vous pouvez répondre à cette non-question à ma place. Qu'en savez-vous ?

— Je le sais. Je vous ai lue. Il n'y a qu'une nature généreuse qui peut écrire comme vous. Par ailleurs, vous avez le profil pour faire du fric dans une banque d'affaires, et vous ne le voulez pas. Ce n'est pas seulement que vous êtes nantie par ailleurs et que vous avez les moyens d'éviter ça, c'est aussi que vous ne savez pas à qui profiterait votre travail. »

L'index de Paul rejoignit l'annulaire d'Erika, qui ne se déroba pas.

« Mais comment en arrivez-vous à cette conclusion ? demanda-t-elle en se préparant intérieurement à la suite.

— C'est Marie-Pauline. Elle m'a fait un bref portrait de vous. Ce portrait ne parlait pas de votre générosité, mais elle m'a simplement dit que vous aviez fait HEC pour voir, et que vous n'aviez pas donné suite.

— Elle est chouette, Marie-Pauline. Elle déblaie le terrain de tout le monde.

— Il faudrait qu'on écrive une chanson où Marie-Pauline rimerait avec bonne copine.

— Comme Bécassine avec coquine, dans ce tube débile des années 80.

— Buvons à Marie-Pauline, qui arrange le coup pour la terre entière, et qui doit en ce moment même aider son rockeur de gauche, rentré complètement bourré à la maison, à se coucher.

— Erika, j'ai une quatrième question, mais une vraie cette fois…

— Attendez, laissez-moi la deviner : Erika, si je vous embrasse, allez-vous m'embrasser ou me renverser le contenu de la cocotte de bourguignon sur la tête ?

— Ah non, ce n'était pas ma question, j'avais décidé de prendre le risque de vous embrasser sans passer par la case question. »

Ils s'embrassèrent très longuement, à l'attendrissement de deux couples d'Italiens qui n'avaient pas perdu une miette de leur dialogue, depuis le début. Une table plus loin, deux jeunes Françaises les observaient, en essayant de trouver un angle pour se moquer d'eux.

« Donc, cette question ? demanda Erika en restant très près des lèvres de Paul.

— J'ose à peine, elle est très impudique.

— Déjà ? Allez-y, je verrai l'étendue de votre concupiscence.

— Vous ne pensez pas que nous pourrions nous tutoyer ?

— Ah en effet, c'est très rapide. Ma maman m'a dit de ne jamais tutoyer son amant le premier soir. Enfin, ce n'était pas exactement ça, mais c'était l'esprit.

— Allez, soyez moderne… Ah, et je vous dois la réponse à la question d'avant : qu'est-ce qui a soudainement restimulé mon catholicisme et modifié le contenu de mes romans futurs ? Réponse : toi.

*

Pédagogie

Paul avait un deuxième Frédéric au nombre de ses amis ; c'était un écrivain célèbre, qui était parfait pour partager ses impressions et spéculer intelligemment sur l'avenir dans une affaire de cœur. Les écrivains ont une complexion amoureuse particulière, et il n'y a qu'entre eux qu'ils peuvent se comprendre. Il aurait certes pu appeler Marie-Pauline, en raison de l'espèce de pitié active qu'elle avait pour le genre humain, mais elle parlait trop et Paul ne la trouvait pas assez écrivain. Et puis c'était une femme, ce qui limitait quelque peu sa propension à prendre le point de vue de Paul. Il sélectionna donc « Frédéric II » dans son agenda :

« Allô Frédéric, c'est Paul.

— Je sais, crétin, c'est marqué sur mon téléphone.

— Je t'appelle à 10 h 20, car je sais…

— … que c'est l'heure où je rejoins mon cabanon de luxe pour aller écrire jusqu'à 12 h 30…

— … heure à laquelle tu vas partager avec ta charmante épouse un délicieux déjeuner simple, frais et naturel, préparé par une dame locale.

— Raymonde. C'est Raymonde qui nous cuisine des supions grillés à tomber.

— Et à 14 h 15, tu repars dans ton cabanon.

— D'où je sors vers 16 h 45 pour faire plouf dans la piscine, afin de me laver des pages géniales que j'ai écrites…

— Puis tu retournes bosser.

— Ou pas. Je peux aussi aller à la plage.

— De sorte que les deux bons moments pour t'appeler sont soit maintenant, soit à 16 h 45.

— Tu as quelque chose à me dire, ou tu veux simplement me montrer que tu me traques comme un tueur fou qui note méticuleusement les horaires habituels de sa future victime ?

— Oui, j'ai quelque chose à te dire. Hier, j'ai dîné avec Erika Dauze…

— Ah tu as couché avec Erika, mon salaud ? Bravo, elle est splendide. Si la question qui motive ton appel est : ai-je, moi aussi, couché avec elle ? La réponse est non, je te le jure ! En conséquence il est inutile de m'assassiner ou de me demander des conseils sur ses pratiques sexuelles préférées, qu'évidemment en bon bourge coincé tu n'as pas trouvées tout seul, et c'est d'ailleurs peut-être pour ça que tu m'appelles. Non ?

— Frédéric, je n'ai pas dit *couché* avec Erika, j'ai dit *dîné* avec Erika.

— Ah. Oh. Bon. Donc, tu déranges un génie au travail, moi en l'espèce, en train d'écrire un chapitre pas simple où une mystérieuse intelligence artificielle prend le contrôle du roman que fait mon héros – un écrivain fabuleux qui me ressemble – pour me dire que tu as dîné hier avec Erika, c'est ça ?

— Enfin, nous avons quand même, disons, démarré une relation.

— Hou là, "démarré une relation" : d'où sors-tu ce vocabulaire d'attachée de presse débutante ?

— Je veux dire que nous nous sommes embrassés, voilà.

— Je récapitule : tu as dîné avec Erika, vous vous êtes embrassés. Ça c'était hier soir. Et tu m'appelles ce matin. Et tu veux que je réagisse ?

— Oui.

— OK. Donc je vais commencer par me foutre de ta gueule, parce que ça te fera du bien, il y a trop de gens qui te parlent sérieusement, qui te disent que tu as du talent, que tu as une carrière à mener, et autres foutaises. Premier point, tu as réinventé les fiançailles du XIXe siècle, hein, parce que pour arriver à ne pas coucher avec Erika alors qu'elle s'était laissé embrasser, il faut faire un bond en arrière de cent cinquante ans au minimum… Tu avais relu le *Manuel du pénitent* du collège Stanislas, dans son édition de 1860, avant de dîner avec elle, ou quoi ?

— Non, Frédéric, simplement tout était bien après ce baiser, je l'ai raccompagnée à pied…

— Et ?

— Devant chez elle, rue de Vaugirard, elle a tapé le code de son immeuble de sa main droite, tout en tenant ma main droite à moi de sa main gauche…

— Ça, ça fait une scène à la Guillaume Musso ; je n'en ai pas l'usage littéraire, mais continue…

— Nous nous sommes embrassés à nouveau.

— Super. Attends j'appelle Rocco Siffredi pour lui dire qu'il a un successeur… Et ?

— D'une sorte de commun accord, nous…

— Ah non, ce n'est pas vrai ! Au ton que tu emploies, je devine tout : vous vous êtes séparés sous le porche, en échangeant des regards humides, et en pensant qu'il était préférable d'attendre pour faire ce que vous auriez pu faire tout de suite, afin de placer votre nuit d'amour dans un futur idéalisé, un paradis espéré ! C'est génial ! Pardon Paul, j'ai parlé du XIXe siècle, mais j'aurais dû directement remonter le temps jusqu'au XVIIe ! Chaste, prude, modeste… Dis-moi, son père t'a-t-il poursuivi avec sa rapière dans les jardins du Luxembourg ? Sa mère a-t-elle demandé au Roi des lettres de cachet pour t'embastiller ? Ton confesseur t'a-t-il supplié à genoux de cesser de livrer ton âme au Malin en posant tes lèvres sur celles d'Erika ? Erika est-elle revenue à son couvent par une porte dérobée, un fichu de satin noir sur le chignon ? Avais-tu payé la sœur tourière pour la faire sortir et rentrer de là, ha ha ha ? Et je suppose que vous avez pris des expressions de biches éplorées quand vous avez décidé, muettement, de ne pas monter chez elle ! Je t'adore ! Je crois que personne ne m'a jamais raconté un truc aussi tarte ! Et tu me racontes ça à moi, en plus, alors que je me suis tapé la terre entière ! Enfin, la terre entière sauf Erika, promis hein, je me répète… Le problème, vois-tu, Paul, c'est que si je mets ton histoire dans mon roman, ce qui serait tentant en raison de son potentiel comique, la critique va dire que j'ai perdu le contact avec le réel ! Ce que tu me racontes est poilant, mais inexploitable.

— Frédéric…

— Paul, reprit Frédéric en reprenant un peu son sérieux, je ne suis pas complètement idiot. Si vous n'avez pas couché ensemble, c'est que vous êtes intensément, très bizarrement et extraordinairement amoureux. En plus, tu m'appelles au secours… Donc, je vais produire un raisonnement sur toi et Erika, car tu m'as l'air de tenir à cette affaire. Vous êtes deux tartes, mais deux tartes ont le droit de vivre une histoire d'amour. Quand j'entends l'expression « tarte amoureuse », l'amour m'importe, et j'excuse la tarte. Tu as bien fait de m'appeler, je suis ton homme. Soyons rationnels : *primo*, si on me demandait quels sont les dix couples parisiens qui ne sont pas formés mais qui devraient l'être, Erika et toi, vous arriveriez en tête de liste. Perchés, fondus, tordus, compliqués, esthétisants, privilégiés faussement innocents…

— Marie-Pauline dit à peu près la même chose.

— Ah, cette chère Marie-Pauline, le bon sens même. D'ailleurs le jules de Marie-Pauline, le rockeur bourré dont j'oublie le nom…

— Moi aussi j'ai oublié, ce qui est un peu un problème pour un rockeur de quarante ans, ça montre qu'il n'a pas vraiment percé…

— Mais qu'il ait percé ou pas percé, Marie-Pauline et son rockeur, c'est de l'ordre de la fatalité, c'est comme toi et Erika. On est en plein Aristophane, mon gars : vous vous cherchiez partout sur la surface de la terre, depuis que vous avez été séparés par la foudre qui a coupé en deux les couples constitués pour l'éternité. Plus j'y pense, plus je vous marie. Carrément. Fais gaffe, Paul, tu vas te marier avec Erika, je te le dis, c'est comme Marie-Pauline avec son rockeur.

— Je n'arrive pas à avoir peur.

— Tu la connais depuis combien de temps ?

— Euh. Ça dépend de quoi on parle. Je sais qu'elle existe depuis environ trois ans, c'est-à-dire depuis qu'elle a commencé à écrire. Je la connais, au sens où j'ai été mis en présence d'elle, depuis trois jours.

— C'est énorme. Vous devriez déjà avoir des bébés. Qu'est-ce que vous foutez ?

— Tout me plaît en elle, de la naissance de ses clavicules que j'ai eu la chance d'apercevoir en me penchant vers elle pour l'embrasser, jusqu'à la manière dont elle choisit ses adjectifs dans ses articles.

— Assois-toi et bois un verre d'eau. Je continue mon raisonnement. *Deuxio* : vous allez bien finir par coucher ensemble, ce qui fera de vous un couple, et là vous prendrez dix minutes à décider de rester scotchés sous le même toit, tellement ce sera bon.

— Ce serait le scénario parfait.

— Paul, je vais te dire la vérité. Je suis un bon écrivain, tu es un bon écrivain, dans cet ordre... Mais si tu regardes nos camarades les plus intéressants et les plus poétiques, notamment ceux qui sont plus âgés que nous, histoire d'avoir une perspective pour nous-mêmes, eh bien ce sont quand même ceux qui ont la vie la plus déglinguée qui emportent le morceau littéraire. Tu connais la liste de leurs caractéristiques : maîtresses de trente ans plus jeunes qu'eux (alors que la bonne distance, c'est un peu moins de vingt ans), changements perpétuels de compagnes, hystérie conjugale et délires paranoïaques qui commencent alors qu'ils ont à peine formé leur couple, une petite couche de drogue là-dessus, des fumettes diverses, des shots de vodka, des journées qui ne sont que les conséquences désastreuses de nuits passées dans le délire, deux ou trois enfants naturels qui se promènent et dont il faut bien assurer les soins affectifs, l'entretien, et l'éducation ; de la cavalerie financière, leur côté inclassable sur le plan administratif, et puis leur errance domiciliaire, aussi. Les mecs dorment un jour dans le canapé d'un appartement dont ils sont en train de se faire virer, un jour chez leur maman octogénaire, un jour dans une chambre prêtée par un copain, un jour dans une maison de campagne dont ils ne savent pas où elle est et à qui elle appartient, enfin c'est le bordel. Mais de ce bordel, quand ils ont le temps et ressentent la nécessité d'écrire, sortent des pages comme volées à la catastrophe, des pages aériennes, de liberté totale, échappées de l'errance. Toi et moi, nous sommes des *Untermensch* monogames, propres sur nous, comparés à nos amis chiens perdus sans colliers, mais solaires. Nous, on aime une seule femme à la fois. Un jour, c'est la bonne. On lui fait des bébés. Arrivés à ce stade, on est toujours des *Untermensch* monogames, mais en plus munis de lingettes au calendula. On le voulait, Dieu le voulait pour nous.

— Mais pourtant, plus jeune, tu étais parti pour un grand délire à base de rotations accélérée de maîtresses avantageuses, avant de te marier. Tu as eu dix fois plus de maîtresses que moi.

— Je dirais vingt fois, mais on ne va pas compter. Mais tu sais, c'était surtout pour justifier une réputation. La com' était entrée dans ma vie, et avoir plein de filles, c'était de la com'. C'était la phase où je fusionnais plan com' et plan cul, ha ha. Et puis pouf, j'ai tout arrêté comme si je n'avais jamais commencé, quand j'ai rencontré ma femme.

— Tu me dis que nous sommes des *Untermensch* monogames munis de lingettes au calendula, et que les vrais romantiques doués pour la littérature sont nos potes fracassés dont les amours bégayent. C'est ça ?

— Oui. Je vais dire un truc encore plus tragique. Si tu réfléchis, nous, les normaux, les bien peignés, les types non réticents à la conjugalité, les hétérosexuels dressés à la paternité et trouvant normal de se casser le dos pour charger un break suédois de packs d'eau minérale, nos femmes nous choisissent comme mari pour les mêmes raisons qu'elles vont nous mépriser si nous n'y prenons pas garde : fidèles, donc pas séduisants ; et pères, donc à éliminer pour que l'enfant ne soit pas infecté. Nous sommes des nécessités écœurantes : à nous de jouer avec cette infirmité initiale.

— Je suis d'accord, c'est logique… enfin… ne serait-on pas en train de dire n'importe quoi sous couvert de bien raisonner ? Tu ne penses pas que dès que l'on met deux garçons, nous en l'occurrence, pour évoquer la question générale des relations hétérosexuelles, comme d'ailleurs deux filles sur le même sujet, on aboutit à une espèce de rationalisation *a posteriori* du ressentiment, ou à une justification des illusions sur le futur ?

— Tu as raison, on dit sûrement n'importe quoi, et d'ailleurs on s'en fout un peu. L'essentiel, c'est que ton truc avec Erika est sacré, donc tu me soignes ça, tu me lustres cette affaire comme une bonne de curé des années cinquante briquerait un ostensoir tout en faisant des signes de croix toutes les cinq minutes, d'accord ?

— Évidemment.

— Ta récompense, c'est que tu viendras avec Erika te taper des supions grillés ici, si tu ne fais pas n'importe quoi. On ira se baigner. Comme ça je la verrai enfin en maillot de bain, oups, pardon. »

Après avoir raccroché, Paul appela Erika et tomba sur son répondeur. Il lui laissa un message :

« Erika, j'ai envie de t'embrasser au Louvre. Il y a des recoins du côté de la peinture française où c'est possible sans être trop vus, parce que nous sommes pudiques comme des chats, enfin surtout toi. Je serai à 17 heures devant le *Café Marly*. »

Il était en train de se préparer pour aller au bureau et n'entendit pas son téléphone sonner ni Erika répondre sur sa messagerie :

« Paul, oui, mais 16 h 30 ce serait mieux, parce que tu m'embrasses très longuement, je ne sais pas si tu t'en es rendu compte hier soir. »

Ces merveilleuses petites chatteries des commencements tirèrent brusquement des larmes à Paul, à sa grande surprise, car c'était la première fois depuis de longues années qu'il pleurait. Ce bonheur lui tombait dessus sans qu'il l'ait mérité. Il n'en était pas digne, et il le recevait. Il était envahi d'un sentiment religieux, dont l'origine était extérieure et invisible. Il n'était donc pas ridicule de pleurer, à moins de penser que rien ne doit nous dépasser et que nos émotions, venues de nous-mêmes, sont toujours contrôlables ; mais ce n'était pas dans les idées de Paul.

Il fallait qu'il fasse quelque chose qui soit digne du message qu'il avait reçu d'Erika. Il écrivit un sms à Mahaut :

« Chère Mahaut, je voulais te dire que nous ne sommes d'accord sur rien, toi et moi : ni sur la nature de l'homme, ni sur le devenir de la société. Mais c'est un immense honneur et une merveilleuse chose que de travailler avec toi. Je t'embrasse. Paul. »

Mahaut répondit instantanément :

« Paul, qu'est-ce qu'il s'est passé avec Erika ? Tu veux qu'on déjeune ? Si oui, rapplique immédiatement, je dois être à l'Élysée à 14 h 30 ; d'ailleurs tu vas m'accompagner, je t'expliquerai. Tu me fous la trouille avec ton sms de mec qui va se jeter par la fenêtre. Baci. »

Paul lui répondit :

« Princesse Leia, tout va bien. Je serai à 12 h 25 au jap. Commande-moi un shirashi si tu arrives la première. »

Hôtel California

Le serveur philippin, aussi amical et complice quand Paul déjeunait avec Mahaut qu'il était discret quand celui-là était seul et méditatif, venait d'apporter les plats. Mahaut accueillit Paul en lui désignant son shirashi :

— Tiens, mon baron, reprends des forces. Dis-moi vite ce qu'il s'est passé hier soir pour que tu m'envoies ce sms aussi mignon que chrétien… Tu sais que c'est ton archaïsme politique et ta naïveté spirituelle qui font ton charme auprès des femmes de tête dans mon genre et dans le genre d'Erika, hein, tu le sais ? Après tes explications, je te raconterai ce qu'on va faire à l'Élysée.

— Écoute, tout va bien avec Erika, je te remercie de t'en informer. Ça va même tellement bien que j'en souffre, si tu vois ce que je veux dire. Tu vois la notion de bonheur terrifiant ?

— Très bien.

— Je la revois à 16 h 30 au Louvre. La perspective est exaltante, mais le mur est haut.

— C'est parfait, on voit le président de 14 h 30 à 16 heures. Grande interview culturelle. Tu pourras aller te pâmer au giron d'Erika après.

— D'accord, mais je n'ai rien préparé.

— Tu rigoles, tu t'es préparé toute ta vie et nous avons encore une heure et demie pour régler les détails.

— Mais pourquoi cet entretien et pourquoi veux-tu que j'y participe ?

— Alors. Question 1 : pourquoi cet entretien ? Tu te souviens de notre ami Aymar, l'espion du nouvel actionnaire, qui prenait furieusement des notes pendant notre réunion ? J'ai su qu'il avait envoyé un mémo à la directrice de la stratégie pour lui expliquer que j'étais une sorcière gauchiste qu'il fallait brûler immédiatement pour la sauvegarde du compte de résultat.

— Mais tu n'es pas protégée par notre rédacteur en chef, certes un peu mou, mais théoriquement là pour nous couvrir ?

— Ah non. Lui, un jour il me condamne au bûcher pour blasphème, le lendemain il me masse en me murmurant que je suis la plus belle, ça dépend de la direction du vent. Donc, prévoyant le coup, j'avais demandé un entretien au président à Bourgeois, son conseiller culturel que tu connais par cœur. Un entretien avec le président, ça vaut la paix pendant un an. Le timing politique est bon pour le président, donc ça a été OK, et le timing interne, mon petit baron, est parfait pour nous. Nous serons trois, de notre côté, car j'ai fait inviter Alban de Lechecourt, notre nouvel actionnaire de référence, à charge pour Bourgeois de bien lui expliquer que c'était à mon initiative qu'il participait à cet entretien. Alban m'appelle toutes les trois minutes pour s'y préparer, il est aux anges, il n'en peut plus, il m'adore, et il n'a pas la moindre idée des questions qu'il pourrait poser au président, qu'il n'avait jamais vu avant. J'ai peur qu'il ne lui demande un selfie tellement il est excité, un vrai touriste sur le pont des Arts. Enfin bref, je l'ai comblé. J'ai fini par ne plus le prendre quand il m'appelle, mais on va lui pondre trois questions et on va lui envoyer ça dans dix minutes, pour qu'il se calme. Tout de suite après qu'il a eu la nouvelle qui va transformer sa vie de con en vie de con content, je l'ai informé qu'un dénommé Aymar, du siège, s'amusait à réclamer notre peau. Alban, fou d'amour pour moi, m'a immédiatement répondu d'un ton indigné qu'Aymar sortait du périmètre de sa mission en s'autorisant à émettre un avis éditorial, que l'avis en question était désastreux, et qu'un collaborateur manquant à ce point de maturité devait en acquérir en allant, par exemple, prendre la responsabilité du contrôle de gestion pour la zone Asie du Sud-Est. Bref, Aymar va marner à Shanghai, avec des Chinois qui se foutront de sa gueule au-dessous de lui, et un Américain qui l'écrasera de demandes de reporting au-dessus de lui.

— *So long*, Aymar.

— Ensuite j'ai réglé le cas de Cyril, en tout cas provisoirement. Il a eu vent de cet entretien, et naturellement il a tout fait pour en être, sans oser me le demander directement, sachant qu'il n'avait aucune chance avec moi. Il a donc appelé la fameuse directrice de la stratégie, qui s'appelle Océane, figure-toi, et qui apparemment s'occupe aussi des basses œuvres, en plus de la stratégie. Elle m'a rappelée pour m'expliquer d'un ton qu'elle aurait voulu surplombant – le genre grande timonière corporate à lunettes Chanel, tu vois l'idée : le siège parle aux filiales pour leur indiquer la voie à suivre –, qu'elle pensait que ce serait une excellente occasion de faire monter Cyril en compétence et en notoriété sur le plan culturel que de l'inviter à l'interview à l'Élysée. Elle est folle, cette fille, de prendre des risques pareils… Je lui ai répondu que je n'étais pas sûre que Cyril maîtrise bien les références culturelles du président, et que tu avais prévu, toi Paul, en accord avec Bourgeois, de l'interroger sur Merleau-Ponty, Flaubert, Gide et Stendhal, dans leur rapport avec les conceptions politiques du président… et que je ne voyais pas trop comment introduire Cyril, dont l'étendue de la culture générale ne m'était pas connue, dans un entretien aussi important… J'ai raccroché en la mécontentant, mais en lui faisant un peu peur. Là-dessus, cette chère Océane va apprendre qu'Alban a été invité grâce à moi ; puis Alban va lui expliquer que je suis une fille formidable, un être de lumière, et elle va rentrer à la niche, voilà… L'une à la niche, l'autre en Chine, on a la paix pendant un an. Pas mal, non ? Pendant que tu dragues, je m'occupe de stabiliser les bases de ta situation professionnelle, qui impressionne tellement les belles Parisiennes que tu les conquiers… car tu as conquis Erika, n'est-ce pas ?

— Tu sais bien qu'on remet l'ouvrage sur le métier tous les matins, dans ce domaine.

— Yop. Tu aurais dû dire ça à mon dernier jules, il en aurait eu l'usage. Quel crétin… carrosserie : beau révolutionnaire à rouflaquettes ; moteur : petit-bourgeois pétochard et radin. Comment ai-je pu ? Bon, passons, je réponds à la question 2 : pourquoi toi à cet entretien ? Parce qu'il m'est revenu ce matin que Bourgeois t'a à la bonne, que le président te connaît, et que tu n'es pas trop con. Rajoute à cela que je sais que tu détestes à la fois les conceptions du président et le palais de l'Élysée, et donc que tes capacités critiques ne seront pas annihilées par les lambris et les chabadas du prince. Ça te va ou tu veux que je développe ?

— Mahaut, tu sais que, pour toi, j'envahirais la Belgique à poil et avec un Opinel ? »

*

Pendant que Mahaut et Paul préparaient leur entretien avec le président de la République avec le professionnalisme que l'on a vu, Frédéric, de très mauvaise humeur, arrivait à l'Élysée où il avait rendez-vous avec le conseiller politique du président, Charles Huguenot. C'était un ancien diplomate de haut rang, qui avait été élu, fait rare, député de la circonscription de sa résidence secondaire quand il avait quitté le quai d'Orsay. On n'en tirait que des mensonges, des silences et des propositions ambiguës que ses interlocuteurs devaient interpréter à leurs dépens. Frédéric venait le voir pour lui dire qu'il ne soutiendrait pas Charlène.

« Mon cher Charles, attaqua Frédéric après avoir été attiré par le conseiller dans une promenade dans le jardin, comme vous le savez l'investiture du parti pour la mairie de Paris risque de revenir à Charlène. »

Comme le sujet était sensible, Charles recula de quelques kilomètres tout en mettant en garde son interlocuteur contre les foudres létales avec lesquelles le chef de l'État pouvait mettre fin à sa vie politique.

« Oui mon cher Frédéric, il semblerait même que sa candidature à la candidature ait pris de la consistance, ces dernières semaines, avec l'appui du président. »

Cet « avec l'appui du président » équivalait à une mise en alerte de la force nucléaire pour dissuader Frédéric d'aller plus avant. Mais Frédéric n'était pas là pour reculer.

« Je pense que c'est une très mauvaise idée. Permettez-moi d'être direct, Charles. Elle fait partie de ces quatre ou cinq tocades du président, mal choisies, qui vont épuiser le parti parce qu'il faudra bien la soutenir, dont on se rendra compte très vite qu'elle n'apporte rien sur le plan politique, et qu'on aura sur les bras pendant vingt ans si elle fait un score honorable. Ou qui tombera en répandant de la merde sur notre pauvre famille politique. »

Charles, face à la détermination de Frédéric, rétropédala de la dissuasion nucléaire à la plus conventionnelle gesticulation diplomaticomilitaire.

« Frédéric, dit-il avec une mimique faussement compatissante, si tous les responsables politiques devaient être aussi intelligents que vous, comment voudriez-vous que le président tienne son monde, et moi donc, mon cher ? Charlène a des capacités, dit-on (ce « dit-on » l'exonérait de se prononcer lui-même sur les capacités en question). Elle doit progresser. Je comprends que nous ne pourrons pas compter sur vous pour lui apprendre le métier de convaincre les électeurs, et encore moins de conduire les affaires, mais vous savez, dit-il en suspendant sa phrase pendant deux secondes, il arrivera un moment de votre carrière où seuls les imbéciles vous procureront du repos, donc du bonheur. Vous les verrez arriver en souriant. Il se dit que vous allez certainement être nommé ministre au prochain remaniement, êtes-vous sûr d'avoir envie de prendre le risque d'un conflit en ce moment ?

— D'un conflit, non. Je voulais simplement vous prévenir que je ne la soutiendrai pas. »

C'était le message que Frédéric voulait faire passer. Au fond, ce message convenait à Charles, qui pensait comme Frédéric au sujet de Charlène, et trouvait que le président ne choisissait pas très bien les « hauts potentiels » du parti. Charlène allait devenir ce genre d'objet politique qui n'était soutenu que par le Prince, dont la chute ou, en tout cas, la stagnation laborieuse était presque fatale, mais qui entraînerait quelques carrières et beaucoup d'énergies inutilement gaspillées avec elle. Il remercia Frédéric de l'avoir prévenu de sa position. Il le raccompagna jusqu'à la cour d'honneur, où il lui dit, ouvrant les bras et les levant légèrement au ciel, comme pour évoquer une fatalité qu'aucune puissance humaine ne pourrait contrarier : « S'agissant de Charlène, je n'ai rien pour la défendre. »

Frédéric avait compris dès que Charles avait commencé à ouvrir les bras : cela voulait dire que, dans le cas où Charlène obtiendrait l'investiture, Frédéric se serait mis en difficulté tout seul, et que dans le cas où elle ne l'obtiendrait pas, cela serait compris comme le signe que le rapport des forces au sein du parti évoluait en faveur de Frédéric. Et cela signifiait enfin qu'à titre personnel, Charles aurait vu la dépouille sanglante de Charlène sans émotion particulière.

Frédéric allait pénétrer dans le poste de garde quand Paul et Mahaut en sortirent pour aller rejoindre le président. Il les salua d'un air complice :

« Salut Mahaut, salut Paul. Vous allez causer culture avec le président, je vois ce que c'est, Bourgeois m'en a parlé. Attention, c'est bouillant comme la forge de Vulcain, là-haut, dit-il en riant. Ne tombez pas dans le chaudron. »

Légèrement hagard, Alban de Lechecourt sortit à son tour du poste et les rejoignit :

« Mahaut, tu penses que je garde ma cravate? demanda-t-il sans même saluer Frédéric ni Paul, dont il aurait pourtant pu s'inspirer, car celui-ci arborait une belle cravate Hilditch and Key grise et bleue.

— À moins que tu ne souhaites communiquer au président que tu ne mets pas de cravate pour le rencontrer, je pense que pour l'actionnaire de référence d'un groupe de médias, la cravate est adaptée, dit Mahaut d'un petit ton flûté. »

Alban parut soulagé d'avoir tranché cette question qui le taraudait depuis trois quarts d'heure. Car d'un côté, s'était-il dit face à sa glace, le président était moderne, mais de l'autre, avait-il hésité, le président était le président.

Frédéric remarqua l'air farouche de Paul :

« J'ai l'impression que tu aimes cet endroit autant que moi, mon vieux.

— Écoute, il y a ici un mélange de grandeur ratée, de solennité républicaine épaisse, d'imitation poussive de l'Ancien Régime, de palais de cocotte, d'*Hôtel California*, de bonne franquette solennelle, de location meublée, de prétention ridicule à un style quinquennal, à quoi s'ajoute un zeste de pognon complexé, que je déteste au plus haut point, répondit Paul.

— On pourrait peut-être commencer l'entretien avec le président par tes impressions de visiteur », plaisanta Mahaut, à l'indignation d'Alban, qui trouvait ce lieu formidable parce qu'il abritait la puissance, et commençait à concevoir des sentiments négatifs à l'endroit de Paul. Pour qui se prenait ce critique littéraire vaguement romancier avec sa tirade anti-élyséenne, ce collaborateur dont il avait appris l'existence en rachetant l'hebdomadaire, pour oser ironiser sur le lieu où son être social, à lui Alban, allait toucher au pouvoir suprême ? Il nota intérieurement de demander une note sur Paul à Aymar, avant son départ en exil pour la Chine.

« Paul, continua Frédéric, tu n'oublieras pas de développer ce que tu viens de dire dans ton prochain roman, je trouve ton propos inspiré, et je m'appuierai dessus pour accuser la Cinquième République de tous les maux. Là-dessus, je vous laisse faire émerger, à travers un dialogue digne du banquet de Platon, un nouveau rapport entre l'esthétique et la politique, pour la plus grande gloire de la France et de votre hebdo. Salut. »

Les supersphères

En saluant successivement Mahaut, Alban et Paul, le président avait compris, en un regard, l'état d'esprit et les attentes de chacun. Alban venait pour se parfumer au pouvoir suprême, afin de diffuser son odeur dans les dîners en ville jusqu'à la fin des temps. Mahaut venait pour consolider sa valeur professionnelle interne et externe, dans un monde médiatique plein de menaces et de coups à faire. Quant à Paul, il était là par fonction et parce que le rapport entre la littérature et la politique l'intéressait, quoiqu'il manifestât sans le vouloir une légère impatience, qui intrigua le président. Paul eut en effet, dès le commencement de l'entretien, le langage corporel de quelqu'un qui courait le risque d'être en retard à un rendez-vous essentiel. Il se retenait de regarder sa montre, se réfrénait de se lever de sa chaise, regardait d'un air inquiet son confrère et sa consœur comme s'ils prenaient trop de temps à poser leurs questions, et signifiait un peu trop vite au président qu'il avait compris le sens de ses réponses. Certes, pas un instant il ne manqua ni à la parfaite politesse, ni à la courtoisie républicaine, mais le président, d'ailleurs amusé, vit bien que Paul aurait préféré être ailleurs, se projetait plus tard dans l'après-midi, et que cela ne pouvait s'expliquer que par une histoire d'amour à son tout début. Sur le plan professionnel, pour un journaliste et romancier comme Paul, il n'y avait en effet rien de plus important que d'être avec lui à disserter de culture et de politique. Le président se demanda quelle proportion de gens, libres de décider, aurait sacrifié un entretien avec lui à un rendez-vous amoureux : très petite, certainement, et manifestement Paul en faisait partie. Tout cela ferait à la fin un beau papier, pensait-il, entre Paul qui avait l'air respectueux, impatient de rejoindre sa maîtresse et partiellement absent, Mahaut qui était comme d'habitude ironique, altière et pertinente, et Alban, extatique, confit et scolaire. Bourgeois, son fidèle conseiller culturel, exténué mais encore fonctionnel, avait magnifiquement préparé le chef de l'exécutif à cet échange. Le président avait reçu à 6 heures du matin de beaux éléments de langage sur le rapport entre la littérature, la culture, et sa pratique politique, agrémentés de dix citations, qu'il avait apprises par cœur et qu'il saurait, avec l'air d'un prince philosophe qui convoque une pensée puisée dans une vie de lecture et de réflexions autant que dans l'action suprême de la conduite de l'État, placer au bon endroit.

Une petite horloge fit *ding*. Louis-Philippe Premier avait entendu cette même horloge produire ce même son.

Le président fut admirable, presque du niveau de Georges Pompidou, en tout cas bien meilleur que Nicolas Sarkozy, sans parler de François Hollande qui, au mot culture, dégainait une blague potache. Il y eut juste un incident, lorsque Alban posa une question qui avait été préparée, mais qu'il agrémenta au dernier moment, dans un accès de zèle excessif, d'une formulation trop flagorneuse. Le président répondit en trois mots tout en le regardant aimablement mais fixement, pour signifier, sans le dire, que la question était négligeable, et qu'elle pourrait sans dommage disparaître de la restitution qu'en ferait *La Gauloise*, ainsi que sa réponse. Alban eut l'air d'un fayot qui s'était raté, mais fut habilement sauvé par une question, celle-là intelligente, de Mahaut. Pour Alban, le déplaisir d'avoir été pris pour un crétin était toutefois inférieur au plaisir qu'il prenait à être là, et il resta donc globalement très satisfait de ce moment.

L'entretien se termina juste à temps pour que Paul soit sûr d'être à 16 h 30 au Louvre. En conséquence, il avait l'air épanoui, alors que l'inquiétude avait jusque-là dominé l'expression de son visage. Le président le salua le premier et lui dit, avec un demi clin d'œil de banquier d'affaires qui sait qu'il arrivera finalement à un « deal » avec son interlocuteur, la voix riante : « J'ai été très heureux de cet échange avec un *homme pressé*, dit-il en détachant ses mots, comme moi. » C'était une fine allusion, car il savait – c'était dans ses fiches fournies par son conseiller – que Paul détestait Paul Morand et ne manquait jamais l'occasion d'en dire du mal. Toute cette belle mécanique élyséenne fonctionnait très bien. C'était plutôt rassurant.

Dès les escaliers franchis, Paul allongea le pas dans la cour, se retourna en réunissant son index et son majeur sur ses lèvres pour embrasser Mahaut de loin, fit un signe de main à Alban pour lui dire au revoir, et courut aussi dignement que possible au poste de garde pour sortir de là.

Alban, dans la cour, prenait l'air d'un intellectuel décisif qui venait de forger, avec le président d'un pays phare de la culture mondiale, un nouveau pacte entre la pensée créatrice et l'action politique. Il regrettait presque d'avoir mis une cravate sur les conseils de Mahaut. Le statut de sa pensée, et sa portée dans la Cité, lui permettraient désormais d'afficher, en tant qu'esprit supérieur affranchi des convenances communes, un certain dédain pour la cravate, pensait-il. Il aurait été très triste d'apprendre qu'il était redevenu dans l'esprit du président une tache sur le mur, l'instant d'après qu'ils se furent salués.

Agacé de la vitesse à laquelle Paul fuyait cet Empyrée, Alban voulut tester l'opinion de Mahaut sur ce jeune crétin qui n'avait pas l'air de comprendre sa chance de hanter les supersphères où lui, Alban, comptait bien léviter à vie, installé dans la béatitude. Mais dès qu'il eut tourné une phrase qui marquait son étonnement mécontent de l'attitude de Paul, Mahaut coupa court : « C'est le meilleur. Tu le verras quand il aura relu et monté les pages de cet entretien. » Alban n'insista pas, mais se dit qu'il demanderait à Aymar une note spécifique concernant les relations entre Mahaut et Paul. Une femme qui défendait un collaborateur face à son actionnaire fâché était forcément dépourvue de sens commun. C'est donc qu'ils couchaient ensemble, contrairement à ce que tout le monde croyait savoir.

Descendu étourdiment des sommets où se jouait son destin, Paul avait quant à lui rejoint la rue de Rivoli et allongeait le pas. Il arriva au *Café Marly* cinq minutes en avance. Tout était dans l'ordre. Erika arriva à l'heure, l'embrassa discrètement sur les lèvres, et s'assit.

Ils se regardèrent en silence, heureux de se retrouver, sentant que quelque chose planait au-dessus d'eux. Dès qu'ils furent en présence l'un de l'autre, leurs corps étaient devenus plus légers, leurs esprits plus clairs. Ils avaient le sentiment que les mots qu'ils prononçaient n'épuisaient pas leur pensée, mais ce n'était pas gênant. Au contraire, c'était comme si la situation présente était dédoublée au ciel, et qu'ils se comprenaient au-delà du moment qu'ils vivaient. Un peintre les aurait décorés d'une auréole.

Paul parla en premier :

« Nous sommes ici, mademoiselle Dauze, pour admirer les peintures françaises, mais peut-être as-tu des préférences pour certains artistes, car nous n'aurons pas le temps de tout voir, en tout cas en détail.

— Monsieur de Salles, je vais répondre à ta question. Mais d'abord je trouve que tu n'es pas si pressé que ça de m'embrasser, alors que moi, oui.

— Tu es vache, je voulais sauter sur tes lèvres, mais j'attendais quelques secondes, je trouve ça plus convenable de laisser un délai, pour une femme de condition comme toi.

— Je te propose que dès que c'est à l'autre de parler, nous nous embrassions. Là, par exemple, tu m'embrasses, tu réponds, et quand tu as répondu et que c'est à mon tour de parler, je t'embrasse. »

Ainsi firent-ils pendant la conversation. Leurs phrases étaient courtes et leurs baisers, longs. Un groupe d'Américains les regardait et se posait des questions : était-ce une modalité de la *Frenchness* que de s'embrasser pour se donner la parole ? Pouvait-on filmer discrètement pour documenter les mœurs parisiennes ? etc. Après une bonne demi-heure d'échanges oraux assez décousus, mais aussi de baisers qui les mettaient de plus en plus en phase l'un avec l'autre, Paul rappela l'ordre du jour, sans trop y penser :

« On n'était pas là pour Philippe de Champaigne et le baron Gérard ?

— Écoute, les conservateurs les conserveront, ils ne vont pas s'enfuir.

— Oui, mais quoi ?

— Marchons jusqu'à la rue de Vaugirard. »

Paul eut l'impression d'avoir été admis, malgré son indignité, au paradis. Erika attendit le temps de reprendre dans l'esprit de Paul la place que Dieu lui avait provisoirement ravie, puis lui demanda doucement :

« Ça te va ? »

*

Deux heures plus tard, calmes et songeurs, Paul et Erika étaient assis l'un à côté de l'autre sur le grand lit d'Erika, convaincus tous deux que ce qui venait de se passer, comme ce qui s'était passé la veille, était très bon et très nécessaire, et entraînait qu'ils se préparent à continuer sur la même voie pendant le plus longtemps possible. Une petite séquence de bouclage de leur journée de travail était compatible avec ce projet :

« Paul, il faut que je relise les notes que j'ai prises pour les deux premiers articles que je dois te livrer, chuchota Erika, car je n'aurai pas le temps demain, ou seulement tard.

— C'est parfait, il faut que je regarde la mise en page de l'entretien avec le président, répondit Paul. Le texte est déjà établi et la direction artistique nous a coulé ça dans la maquette à une vitesse record ; Mahaut vient de me l'envoyer. Ça doit être Alban qui a exigé cette accélération inhabituelle des délais de mise en page.

— D'accord ; et après, on pourrait peut-être aller dîner ?

— Évidemment. Mais entre la fin de notre journée de travail dans quarante-cinq minutes et notre dîner dans une heure, il faut qu'on parle de détails que nous n'avons pas eu le temps d'aborder.

— Si tu veux savoir si je suis enceinte de toi, il est trop tôt pour le dire, et normalement non.

— Je pensais plutôt à des choses pratiques de la vie de tous les jours comme : es-tu jalouse ? Es-tu riche ?

— Jalouse, je ne sais pas, je n'ai pas assez tenu à mes amants pour m'inquiéter de savoir s'ils tenaient à moi. Ça laisse ouvertes toutes les possibilités de ma relation avec tes relations extérieures à moi : du déni en périodes de doute, à l'espionnage en périodes de pleine confiance. En passant par quelque chose de vivable, que j'essaierai de trouver. Pour l'argent, je suis dans un appartement qui m'appartient à moitié, et pour l'autre moitié je paye un loyer modéré à mes parents qui n'en ont pas besoin pour vivre, mais ont voulu me « responsabiliser » il y a quatre ans, quand je m'y suis installée. C'est un peu la fête : quasiment tout le fric que je gagne va partir dans des cadeaux idiots que je vais te faire, et dans nos week-ends obscènes.

— Tu réponds trop vite. N'épuisons pas l'ordre du jour avant la réunion qui commence dans trois quarts d'heure. Oups, Mahaut appelle.

— Réponds vite.

— Allô Mahaut ? J'allais t'appeler.

— Paul, ne me donne pas la raison pour laquelle j'entends un bruit de drap froissé en arrière-fond, s'il te plaît ne me la donne pas, dit Mahaut en pouffant. Bon, on a une maquette, et évidemment on a un problème qui va avec la maquette.

— Oui, j'ai vu et j'ai lu. Le texte, nickel. En revanche la photo de nous trois avec le président bouffe complètement le chapô, qui a l'air étranglé. Ça ne va pas.

— Je sais, on n'arrive pas à caler cette putain de photo sans qu'elle colonise le texte, on dirait un sumotori qui bave, cette image. Mais par ailleurs il est excellent, cet entretien, je suis d'accord. Quand les historiens voudront savoir quand la culture est définitivement devenue l'enjoliveur d'une sorte de Juste-Milieu d'apocalypse, le plus oublieux possible des véritables intérêts humains, ils n'auront qu'à nous lire. Enfin, ça ne me donne pas la solution pour la mise en page. Alban me tanne au téléphone, il veut la maquette finale pour l'envoyer à ses cinq cents copains.

— As-tu une photo où on ne me voit pas, ce qui pourrait réduire sa taille et donc laisser respirer le texte ?

Ça devrait être possible, vu la manière dont nous étions placés. Je m'en fous un peu, d'être sur la photo.

— Oui, j'ai ça, mais je refuse que tu disparaisses.

— Pour une fois tu as tort, Princesse Leia. D'abord, si je m'en vais de la photo, en fait je reste présent puisque je suis dans le texte et dans le chapô. On ne voit pas ma binette, c'est tout. Ensuite, ça montrerait à Alban qu'on sait qui est le patron, à savoir lui, qu'on met en exergue sa bobine de propriétaire, qu'on montre sous son meilleur profil, en choisissant la photo sur laquelle il a l'air, exceptionnellement, intelligent ; comme ce garçon me semble perpétuellement souffrant du côté du besoin de reconnaissance, ça lui fera du bien. Enfin, tu pourras prétendre, à propos de la disparition de mon image, que c'est une sanction que tu m'infliges, car tu m'as trouvé un peu léger d'être parti en courant avant le debriefing à chaud. Ça fait la fille qui tient ses troupes. Tu vas voir, il va adorer.

— Pas mal, d'autant plus qu'il t'en a voulu, ce con. Il ne doit pas connaître la nécessité impérieuse de courir pour arriver à l'heure à un rendez-vous où l'on espère exulter dans les bras d'Erika Dauze, ou son équivalent technique. En plus, pour un public de connaisseurs, ça fait de toi le mec qui s'en fout, ou qui est très rusé, enfin bref, ça fonctionne avec ton petit côté furtif mais au centre du jeu, limite imam caché, dans le milieu… Non, tu as raison, c'est bien, j'achète ta Pentecôte tordue : ton image s'en va mais ta parole reste. Je dirai à Alban que tu étais désespéré d'être la victime de cet ajustement technique, mais que mon implacable autorité et ton sens du devoir, en l'occurrence poussé jusqu'au sacrifice, ont prévalu.

— J'adore travailler avec toi, surtout quand il s'agit d'enfumer l'ennemi. En trois minutes, tout est aplani. Deux coups de fil plus tard, tout est sur les rails. Il n'y a plus qu'à vérifier et à jouir du travail bien fait. Demain je serai là à 7 h 45 pour le bouclage, pendant que tu dormiras du sommeil du juste.

— Merci baron, je veux bien. Ma journée n'est pas finie. Alban m'invite à dîner avec deux horribles banquiers versés dans les médias, Océane la folle, et cet imbécile de Cyril. Si d'aventure Erika était non loin de toi, ce qui me paraît probable, salue-la pour moi. Ah, un dernier point : tu sais que tu as la meilleure part. Tu le sais ?

— Je sais.

— Il faudra quand même qu'on parle de ton déni de conscience politique, un de ces jours.

— Mais enfin, tu sais bien que je vise la synthèse entre Che Guevara et Jean d'Orléans, le communisme agricole et la monarchie constitutionnelle.

— Taratata. Posture. Tu fais exprès de passer à côté du sujet.

— Bon d'accord. Disons qu'entre Erika d'une part, et d'autre part mes doutes profonds, nourris d'observations et de lectures, sur les idéologies, même pleines d'une noble espérance de progrès humain, Erika va être rapidement gagnante.

— Le Paul idéal trouve dans sa vie Erika et la Cité. C'est tout.

— C'est vrai que c'est beau : je vais en parler à Erika. »

Erika ne perdait pas une miette des paroles de Mahaut, que Paul avait mise sur haut-parleur, tout en promenant son index dans les cheveux de Paul.

« Bon, allez vous marier à Las Vegas et tu me rappelles demain à 9 heures quand la maquette définitive sera montée. On l'enverra à Bourgeois, qui dira OK, j'en suis sûre, je signerai le bon à tirer, et la lutte continuera. »

Erika attendit que Paul ait raccroché, et lui dit :

« Tu vois, par exemple, je ne suis pas jalouse de Mahaut.

— Normal. Mahaut et moi, c'est comme si nous étions deux garçons pas homosexuels.

— Taratata, comme dirait ton amie Mahaut. La question s'est posée entre vous, non ?

— Ah non. Mahaut est extraordinaire sur le plan professionnel, très belle, et si c'était une cigarette elle aurait un goût de menthe glaciale mélangée à un délicieux tabac de Virginie, mais elle est d'un modèle extrême qui ne m'attire pas à lui. J'ai deux modèles extrêmes de femmes fatales en tête : à un pôle, la reine de glace, pour laquelle il est normal et comme convenu à l'avance de sacrifier sa vie sans l'avoir jamais touchée, et à l'autre pôle, une flamme éternellement ranimée de beauté, de tendresse et de volupté qui te fait fondre et sombrer dans la folie à force de contemplation fantasmée et de voluptés réelles ; le modèle Pierre Corneille, et le modèle André Breton si tu veux. Mahaut appartient clairement à la première catégorie. Avec elle, on est dans la tragédie romaine, il ne faut pas se tromper. On se sacrifie dans la joie et la bonne humeur pour le surmoi collectif qu'elle incarne, et dans lequel il y a des principes sacrés.

— Mais elle est douée de sympathie et elle t'aime particulièrement, ça s'entend.

— Oui, mais tu l'as constaté comme moi : elle pense qu'il me manque la case politique. En conséquence, elle ne peut pas m'admirer. Or, elle ne couche que si elle admire. C'est son seul critère. Tu ne peux la voir nue que si tu as un charisme progressiste. C'est une caractéristique bien documentée dans sa biographie, elle ne s'en cache pas. Bien sûr, nous nous aimons beaucoup, mais pour elle je suis un être inachevé, et quant à moi je pense d'elle que c'est une sorte de princesse de légende, dépourvue d'enveloppe charnelle et de sentiments naturels. Une Dame du Lac branchée, une Ophélie journaliste, une Yseult parisienne. Elle n'est pas complètement réelle. La moitié de sa personne est légendaire.

— Je parle de ça parce qu'il faut que je te dise... Voilà... voilà... il faut que je te dise que je vais te laisser... enfin *vous* laisser quelques jours, car demain matin à l'aube, je pars faire une petite tournée d'une semaine à travers l'Europe avec Charlène...

— Et voilà, tu me crucifies. Tu n'as pas mis beaucoup de temps. Quarante-huit heures chrono. Ça ferait un bon article dans la rubrique "Girl Power" d'un féminin. Témoignage dans le genre "Au nom des femmes", par Erika Dauze : "J'ai jeté comme un Kleenex un écrivain prétentieux."

— Arrête, s'il te plaît. Charlène va faire la tournée des édiles municipaux les plus cool de Hollande, du Danemark et de Suède, histoire de leur piquer des idées pour les municipales, de prendre une espèce d'épaisseur internationale, et de faire des photos…

— Évidemment, elle a trouvé que c'était l'occasion idéale pour que vous commenciez à travailler ensemble à sa future campagne… Et bibi pleure à Paris.

— Paul, WhatsApp existe, à l'écrit et à l'oral. Et jeudi prochain je suis là.

— Mmmh. Bon. Allons dîner. WhatsApp, c'est l'enfer. Après le dîner, on revient ici, si tu veux…

— Mais bien sûr, on revient ici pour… communiquer un gros morceau de la nuit. Puis je ferai ma valise, et quand je partirai à 5 h 30, j'embrasserai doucement la grosse bête ronronnante qui dormira dans mon lit ; et pfuit, je saute dans mon taxi. »

Absence

Téléphones d'Erika et de Paul, application WhatsApp.

Erika 5 h 40.

Paul, je suis en route pour l'aéroport, c'est encore la nuit, je t'ai embrassé en partant, tu as émis une sorte de murmure attendrissant auquel j'ai cru trouver un sens, tu dormais sur le flanc, j'avais envie de te mordre à cause de la contrariété que je ressentais de devoir partir, mais cela t'aurait réveillé. Tu es bien fait, en trois morceaux distincts : du haut de la tête jusqu'au plexus solaire, ensuite les abdominaux, ensuite les jambes. Dans ces trois morceaux, ce sont les abdominaux qui sont les plus menacés par notre genre de vie. Je ne tolèrerai pas qu'ils manquent à l'harmonie d'ensemble, autant te prévenir. Si tu commences à avoir du ventre, je t'attache à mon radiateur et je te nourris de biscottes. J'ai adoré cette demi-nuit, je ne sais pas pourquoi j'ai l'impression que je vais bien rire pendant cette semaine avec Charlène, même si l'idée de te laisser derrière moi est un déchirement dont l'expérience est nouvelle dans ma courte existence.

Vous 5 h 41.

Erika, tu connais l'usage de la ponctuation ?

Erika, 5 h 41.

Oh tu es réveillé, et tu es déjà snob et méchant ! Je t'embrasse un peu partout, puisque nous en sommes là. Soupirs.

Vous, 5 h 42.

Je te réponds en adoptant ta syntaxe : Erika, j'ai senti une légère morsure à l'oreille gauche vers 5 h 25, je me suis rendormi en pensant à tout ce que nous avions fait jusqu'à 3 h 30, je t'ai revue en rêve partant nue comme un ver en direction de la douche, je me souviens de tout, de tes omoplates, de tes cheveux, de plus bas, de ce pas souple, énergique, et de l'espèce de manque mystique que j'ai ressenti en te sentant t'éloigner du lit, en même temps que l'envie de recommencer ce que nous avions fait avant de nous endormir, mais tu es partie, tout est vide, il n'y a que des objets, et je ne peux pas faire l'amour avec ta table de chevet, ta cuisine intégrée ou ton balcon filant, enfin pas que je sache, je vais lire les quinze romans que j'ai en retard en plongeant régulièrement le nez dans ton oreiller, qui garde l'odeur de ton corps.

Erika, 5 h 43.

D'accord on va mettre les virgules, les points, et les points-virgules là où il faut. C'est important pour que tu puisses écrire sur mes fesses avec une approche littéraire qui les sublime vraiment. J'arrive à l'aéroport dans dix minutes. Je crains qu'il me faille interrompre nos échanges quand Charlène va rappliquer dans la salle d'embarquement. Tu ne m'en voudras pas. Si, tu m'en voudras. J'ai bien senti que tu avais horreur de l'absence, à la manière dont tu as râlé quand je suis partie. Sous le râle de volupté de la bête recrue de plaisir, il y avait le murmure de reproche douloureux d'un petit garçon dont la maman a lâché la main pour fouiner dans les portants d'une boutique de vêtements. Bref, tu m'en voulais d'aller au boulot. Tu dois traîner un petit complexe d'abandon, qu'on peut soigner mais pas guérir, que je n'avais pas encore identifié dans mon exploration récente de ta personne. Donc, j'essaierai de te prévenir quand je devrai m'arrêter de t'écrire. Dis-toi que ce qui nous sépare provisoirement est plus haut que nous : c'est l'idée que nous devons gagner notre pain à la sueur de notre front. Ce qui nous rassemblera jeudi soir sera aussi beaucoup plus haut que nous. Imagines-tu jeudi soir, à 21 h 12, quand j'atterrirai ? On planera, Paul, on planera. J'éteins, on plane. Tu comprends ?

Vous, 5 h 43.

Jeudi soir ? Tu ne reviens que jeudi soir ?

Erika, 5 h 43.

Paul, je te l'ai dit au moins dix fois. 21 h 12. Jeudi. Un peu de retard pour respecter les lois du transport aérien, et voilà, je suis là, tu es là, nous sommes là.

Vous, 5 h 43.

Pas dix fois, quinze fois, j'ai compté. Je n'ai pas réagi car à chaque fois je me suis dit que je ne pouvais rien faire et qu'il fallait que j'aie l'air fort, mâle et tout le tintouin. J'ai quinze clous enfoncés dans le corps. Je n'ai pas crié. Reviens.

Erika, 5 h 44.

Paul, réglons des détails avant que je ne décolle. Madame Karageorges, ma femme de ménage, va débarquer à 7h45, elle est très matinale. Elle est prévenue que ma chambre est occupée et qu'il ne faut pas qu'elle dérange la personne qui l'occupe. Elle ne sait pas qui l'occupe. Elle doit te laisser la clef sur la console de l'entrée. S'il te plaît, ferme la porte de ma chambre avant qu'elle n'arrive, car si elle voyait un homme lire des romans dans mon lit, telle que je la connais, elle préviendrait maman, car nous avons la même femme de ménage. Elle part à 9h15.

Vous, 5h45.

Si j'ai bien lu, tu es en train de me dire que tu as la même femme de ménage que ta mère ? Je vais te réclamer cinq millions d'euros pour notre divorce.

Erika, 5h46.

Paul, arrête de me faire rire, le temps est précieux et l'affaire est un peu sérieuse. Si tu veux partir, c'est avant ou après madame Karageorges, s'il te plaît. Si elle te voyait à poil, elle t'enverrait aux assises, elle est très prude. Et si elle te voyait tout court, même habillé, madame Karageorges saurait la vérité, alors que je peux lui faire croire que j'ai prêté mon appartement à une amie, mais pour ça elle ne doit pas te voir. Elle se méfiera mais elle ne connaîtra pas la vérité. Elle adorerait que je sois délurée pour pouvoir se plaindre des mœurs de notre génération, entre mères, avec la mienne. Son fils est pizzaïolo à Capri : si j'ai bien compris, plus ce garçon s'éclate, plus sa mère, contrariée, invoque le Ciel. Autre point : tu peux faire ce que tu veux de mon appartement quand je ne suis pas là. Je pense que tu peux considérer cela comme une marque de confiance et un signe de désir. Et puis non, ma mère n'a aucun droit à l'information sur ma vie privée. Je ne lui parlerai pas de toi sans t'avoir demandé ton autorisation. Si je n'écris pas pendant deux minutes, c'est que je paie le taxi et que j'entre à l'aéroport.

Vous, 5 h 47.

Ton plan est pourri. Je vais rester jusqu'à 7 h 15, car je dois passer à *La Gauloise* à 7 h 45, tu te souviens ? Par ailleurs, j'ai une question dont la réponse me permettrait de piloter ma névrose naissante : quand je vois que tu écris (parce qu'un petit texte me dit « Erika écrit… »), et que je ne reçois rien après, est-ce que cela veut dire que tu renonces à m'envoyer ce que tu écris, ou est-ce que ça veut dire que tu écris à quelqu'un d'autre ? Dans les deux cas, je souffre. WhatsApp, c'est atroce.

Erika, 5 h 47.

Dans l'ordre : ah, je n'avais pas entendu l'heure de ton rendez-vous au bureau, lors de ton échange TRÈS CHALEUREUX avec Mahaut. Bon. Je me débrouillerai pour te faire remettre les clefs. Je te dirai. J'ai une idée : prends une douche. Oui, WhatsApp c'est atroce. Tu es un peu à côté du sujet contemporain en ne sachant pas très bien comment ça marche. Je te montrerai.

Vous, 5 h 47.

Ne va pas te moquer d'un garçon que tu as fait prisonnier dans ta chambre par ruse, en manipulant à distance madame Karageorges. Bonne idée pour la douche, merci. Sais-tu qu'il m'arrive aussi de changer de vêtements ? Je fais comment ?

Erika, 5 h 49.

Démerdez-vous, monsieur Paul. J'ai passé l'enregistrement et je vais à l'embarquement. Je vois une blonde radieuse assise en train de lire le *Financial Times*... Oh mon Dieu je n'aime pas ça... Je vais interagir professionnellement avec la blonde, puisque c'est bien elle, Charlène, qui me fait des grands signes de fille qui s'éclate dans sa carrière. Au revoir monsieur Paul. J'atterris à 11 h 17 à Schiphol. Bye. Bye. Love.

Entre 5 h 50 et 11 h 17, Paul envoya à Erika une cinquantaine de messages assez brefs, tout en suivant la progression de son vol sur une application en ligne.

À 11 h 21, depuis son bureau où il se tenait après avoir approuvé la maquette définitive de son entretien avec le président de la République, il reçut d'Erika le message suivant :

Paul j'ai atterri, et j'adore voir cinquante messages de toi, mais je vais toutefois avoir du mal à les écluser avant le déjeuner, ne m'en veux pas. Je passe à l'hôtel, puis on part pour rencontrer une bande de libéraux verts et inclusifs, mais un peu sociaux-démocrates quand même, si j'ai bien compris, avec lesquels nous irons au restaurant. Ensuite, on enquille avec des crèches et des associations. Une après-midi bébés épanouis et citoyens engagés... Il paraît que ça va ensemble, ce dont je doute. Charlène m'a demandé de faire un « *wrap-up* » tous les soirs ; ne cherche pas, elle s'exprime comme les consultants qui lui envoient un message toutes les dix minutes. Quand elle les reçoit, elle ouvre son cahier de notes et, avec son écriture scolaire, elle se rajoute une tâche. Il s'agira dans ces « *wrap-up* » de tirer les conclusions de nos passionnantes journées, et d'en extraire des idées croustillantes pour son programme. Tout ça nous amènera vers 19 h 15 ou 30, heure à laquelle je propose que nous nous parlions, car j'ai envie de te parler, monsieur. À 20 h 30, je rejoindrai Charlène dans le lobby pour partir dîner. La mairesse nous invite, avec des stars culturelles locales. Charlène veut des photos, encore des photos, toujours des photos. Nous n'avons que trois étapes, mais six photographes sont chargés de la shooter à longueur de temps. Les photos sont envoyées à l'agence de com', qui fait une sélection, validée par son équipe de « stratégie », qui les soumet à Charlène. Tu vois, on commence la fin d'après-midi par le *wrap-up*, et ensuite elle fait du « *shooting cleaning* », ne cherche toujours pas. Charlène appelle ça ses séances fofo, pour fond-forme. Le *wrap-up*, c'est le fond ; les photos de sa binette, c'est la forme. Fofo. Tu vois, on travaille. J'ai juste envie d'éclater de rire en conjuguant le verbe « travailler » avec la contribution, encore assez gazeuse, que j'apporte à la gloire future de Charlène. Mes premières interactions avec elle furent… Je te raconterai ce soir. Tout ça est bizarre. De ce point de vue, je ne suis pas déçue. Ah, pour le week-end, nous serons rejointes par le mari de Charlène, qui arrive samedi matin et repart dimanche en début d'après-midi. Apparemment, c'est juste pour qu'il soit présent sur quelques photos. L'idée, c'est d'étancher la soif des internautes qui « putacliqueront », si tu me permets ce néologisme, sur des articles de MSN tels que : « Qui est le conjoint de Charlène Karpov, la candidate à la mairie de Paris ? » On anticipe, on anticipe.

Vous, 11 h 22.

Je t'en supplie, envoie-moi des photos de ce que tu vois.

Erika, 11 h 52.

Tiens voilà ma chambre.

Vous, 11 h 52.

Pfff, il y a un homme sur ton balcon.

Erika, 11 h 53.

Qu'est-ce que tu racontes ?

Vous, 11 h 53.

Regarde l'arbre devant ton balcon. On distingue l'ombre d'une grosse silhouette anthropomorphe dans l'ombre de cet arbre. Tu as un amant en surcharge pondérale qui vient de sauter de ton balcon dans un arbre. Tu ne me le caches même pas.

Erika, 11 h 54.

Paul… Ne m'oblige pas à te traiter de crétin à chaque message.

Vous, 11 h 55.

OK je ne suis pas très content que tu ne sois pas là, et je n'ai plus ton odeur dans l'oreiller pour me consoler, c'est ça qui déclenche cet imaginaire loufoque et souffrant. Dis, puisque le jules de Charlène vient ce week-end, je ne pourrais pas, moi-même, etc. ?

Erika, 11 h 56.

Paul…

Vous, 11 h 57.

Oui, c'est vrai. Tu ne peux pas te permettre d'associer à toi l'ami de Frédéric, son ennemi politique. Surtout si je partage ta chambre. Tu serais virée. Ce serait ballot.

Erika, 11 h 58.

Voilà que tu raisonnes de nouveau convenablement. Paul, je file au déjeuner. Je t'interdis de souffrir, il n'y a pas de quoi. Ce serait un péché. Je vais essayer de t'envoyer des petits mots pendant mon déjeuner mais je ne garantis rien. Tsss. Un amant hollandais en surcharge pondérale que j'aurais conquis en dix minutes, à l'hôtel... n'importe quoi.

Vous, 11 h 59.

Pfuf (dépit amoureux).

Erika, 12 h 01.

Taxi avec Charlène. Sur mon WhatsApp, à la place de ta photo j'ai mis un cœur noir, et une photo de notre chat familial qui s'étire dans son demi-sommeil ; ça ressemble à la dernière image que j'ai de toi. Je ne peux pas mettre ta photo pour d'évidentes raisons de sécurité professionnelle ; d'ailleurs je n'en ai pas. Et à la place de ton nom, j'ai mis ALFA, pour « Authentic Lazy French Aristocrat », ce qui te va bien. Ton côté glandeur, mais altier, et impossible à trouver ailleurs que dans notre beau pays. Charlène reluque mon portable dans le dos quand j'envoie des WhatsApp. Faire attention. Tu peux évoquer notre courte vie sexuelle, mais pas la vie politique.

Vous, 12 h 02.

À propos de notre...

Erika, 12 h 02.

Chut ! Je plaisantais. Tu ne peux pas évoquer notre courte vie sexuelle. Interdit.

En se forçant, Paul respecta un temps de silence pour laisser respirer Erika. C'est elle qui reprit le cours de leur échange.

Erika, 13 h.

À table. Deux jeunes et brillants bataves athlétiques, macroniens, californiens, business et écolos à la fois me parlent, avec quelque chose de discrètement obscène dans le regard. Je suis emmerdée car ils devraient draguer Charlène. Mais ces imbéciles pensent que puisqu'elle est mariée, elle n'est pas libre. Comment leur expliquer qu'en France… Je sens bien qu'ils se taperaient volontiers la petite *Frenchie* intello qui accompagne Charlène. Elle va m'en vouloir, bien sûr.

Vous, 13 h.

Ça y est. Nous y sommes. Ton gros amant dans l'arbre n'était qu'un coup d'essai. Ce matin, tu pars, me laissant confiant et dans l'espérance, les narines pleines de toi, drogué à ta peau ; au déjeuner, tu envisages de changer d'amant et tu m'en informes d'un message négligent. Tu viens de gagner le prix de la cagole la plus sournoise d'Île-de-France. Je me couche sur le flanc et j'attends la mort.

Erika, 13 h 02.

Arrête, je viens d'exploser de rire et un des deux Bataves, celui qui est roux, croit que c'est à cause de son esprit. Or son esprit est épais et le gars n'a aucune chance de me faire rire.

Vous, 13 h 03.

Demande-leur, à ces Bataves, ce qu'ils ont fait de la vache qu'ils ont génétiquement modifiée pour qu'elle fabrique du lait maternel, il y a des années ! S'ils en ont fait des steaks, les consommateurs sont-ils devenus anthropophages, hein ? Dis-leur que le président Georges Pompidou, à chaque fois qu'on lui parlait des Pays-Bas, répliquait :

« La Hollande, c'est quoi ? » Et puis raconte-leur que la spécialité historique de la famille de ton amant parisien adoré, c'était de massacrer des marchands protestants flamands ! Et puis lève-toi de table et reviens !

Erika, 13 h 03.

Ça y est, tu t'énerves. Qu'est-ce que c'est que cette histoire de vache ? Tu me diras ce soir. Paul, je viens de leur dire avec un air de cruche amoureuse que mon « fiancé » – en français dans le texte, pour le glamour – avait des liens historiques avec les Pays-Bas, que sa famille a beaucoup ravagés pour le compte de Charles Quint. Ils font un peu la gueule, mais le message est passé. Charlène fait aussi la gueule, tout en maintenant une façade enjouée, car son mari vient platement d'une famille de bons vieux ploutocrates, exploiteurs de mineurs de fond en Afrique du Sud depuis quatre générations. Ça claque moins que Charles Quint. Je suis en train de me faire détester. À cause de toi.

Vous, 13 h 04.

Insiste. Qu'on en finisse avec ce voyage absurde qui commence dans le mensonge et finira dans la luxure ! Dis-leur que tu en as marre de ce pays où des habitants aussi adipeux que libidineux sont installés sur un sol plat et aqueux où ils perdent leur temps à recevoir des femmes politiques inutiles !

Erika, 13 h 06.

Tu m'as l'air d'aller mal. J'ai tellement confiance en toi, qui pourtant montre des signes d'incohérence mentale depuis tôt ce matin, que je te recommande d'aller déjeuner avec Mahaut.

Vous, 13 h 07.
Pfuf, c'est ce que je vais faire.
Erika, 13 h 08.
Va.
Vous, 13 h 09.
Pfuf.
Erika, 13 h 09.
Va.

À son bureau, Paul souriait en pensant qu'Erika souriait en pensant à lui. Mahaut passa justement devant son bureau, lut son regard, et lui dit :

« Bonjour Paul. J'ai signé le bon à tirer du prochain numéro, merci de ton aide… Oh, tu as l'aspect d'un garçon qui vient de passer la nuit à faire des trucs inavouables, mais que je te ferai avouer si tu veux bien partager une salade d'algues avec moi. Tu as aussi l'air un peu triste, malgré ton sourire lointain.

— J'accepte avec plaisir de te regarder ingérer des algues. D'ailleurs cela m'est recommandé par Erika. Je prendrai des sushis, si ça ne te dérange pas. J'ai besoin de me reconstituer. Erika est à Amsterdam. Elle est partie ce matin à l'aube, et à chaque fois que je lui envoie un message WhatsApp, j'ai l'impression de me cogner contre les vitres. J'essaie de faire léger et drôle, mais au fond j'ai juste envie qu'elle soit là, et j'ai du mal à le camoufler. Je sens que plus elle s'éloigne, plus je deviens histrionique et violent. »

Ils allèrent au restaurant en s'échangeant des riens. À table, Mahaut tenta de remettre Paul à l'endroit :

« Paul, il arrive parfois que les gens que l'on aime et qu'on a envie de voir voyagent brièvement pour des raisons professionnelles. Il faut juste essayer de prendre la chose avec espoir et patience. Pourquoi m'obliges-tu à te dire des choses aussi ridiculement simples ? Ah oui, parce que tu as l'air hagard. Un rappel des fondamentaux s'impose.

— Mahaut, comme tu le sais – puisqu'à chaque fois qu'il m'arrive quelque chose sur le plan sentimental, je te le raconte autour d'une tranche de poisson cru –, mon principal problème en matière de cœur, assez courant, est d'osciller entre cœur d'artichaut et cœur de pierre, emballement et indifférence, enthousiasme et aquoibonisme. Avec Erika, c'est différent.

— Ça m'intéresse, décris-moi d'abord toi pétrifié, puis toi en artichaut, et enfin toi tel qu'Erika te transforme.

— Moi artichaut, c'est *open bar*, c'est l'auberge espagnole, c'est l'illusion lyrique déclenchée par l'apparition charnelle d'une jolie fille, admise au statut d'objet désiré en fonction d'une grille de critères simples qui est en fait un piège à con, du type : elle est belle, elle est souriante, elle est avenante, donc elle conquiert le droit de saturer mon attention et mon emploi du temps, surtout si elle a en plus quelque chose dans la caboche. En mode artichaut je ne vois pas le vide sous la relation, je ne vois pas la banalité succéder à l'impression initiale de nouveauté, je ne vois pas l'ennui sous l'élan, je ne vois pas ce qui va me détacher après ce qui m'aura attiré, je ne vois pas l'impossibilité derrière l'occasion. Je m'engage dans le vide brillant, la fleur au fusil. Moi en pierre, je vois la chieuse sous la créature séraphique qui se présente, alors que je n'en sais rien ; derrière la reine de Saba, je vois la harengère ; sous la jeune femme triomphante, je crois discerner le futur tyran domestique ; les femmes me paraissent un mystère sans attraits ou, au contraire, des êtres chatoyants mais trop prévisibles, et j'en conclus que m'emmurer est la bonne solution. Bref l'artichaut prend tout, la pierre ne prend rien. L'artichaut se dissout dans la multitude des femmes, la pierre s'effrite dans la solitude. L'artichaut sent tout, la pierre ne sent rien. L'artichaut croît vers le ciel et finit par pourrir, la pierre est immobile, c'est de la poussière durcie. L'artichaut s'amuse provisoirement, la pierre s'ennuie perpétuellement. La pierre est snob et isolée, d'apparence indifférente, et l'artichaut trop ouvert et d'aspect faussement jovial. Dans les deux cas, le discernement est vaincu, le chemin est perdu, je passe à côté. Je louvoie d'espoirs déçus en occasions que je ne saisis pas.

— Je vois à peu près. Ça manque de sérieux, dans les deux directions. Et donc, le facteur Erika change ton système binaire ?

— En effet. Je ne peux faire rentrer Erika ni dans mon registre artichaut, ni dans mon registre pétrifié. Je vois en elle une chair et un esprit réels, pas une apparition féminine qui déclenche automatiquement une espèce de procédure comportementale répétitive, dont les conséquences sont connues d'avance, à quelques variations près. Elle m'intéresse. Elle me trouble. Je ressens quand je pense à elle une sorte de peur sacrée, un peu comme face à un livre d'histoire qui raconte des événements dont les causes sont insondables ; quand je la vois, j'agis en parfaite intelligence avec une version de moi-même qui a été conçue au ciel. Elle manque à mon unité. D'où mon air chafouin, que tu as bien noté.

— Tu m'as l'air profondément atteint, c'est bien.

— Elle est belle, mais belle, mais belle.

— Cette phrase est très en dessous de ton standing littéraire. Tu parles comme dans une chanson d'un crooner sur le retour : le point d'alerte est dépassé. Ça fait longtemps que tu n'as pas pris de vacances, me semble-t-il ?

— Je ne sais même pas où trouver le formulaire pour te demander des congés.

— C'est l'assistante du service qui t'arrange le coup à chaque fois. Il faudrait que tu prennes un peu de temps pour toi. Il faut que tu sois à ton meilleur pour intérioriser le phénomène Erika. J'en aurai l'usage, de mon côté : tes papiers d'amoureux vont devenir célestes, et un zeste couillon. Le lectorat adore. »

Entre Paul et Erika, l'après-midi se passa en échanges de messages sans autre message que l'assurance qu'on pensait l'un à l'autre. Erika appela à 19 h 30, comme convenu.

« Paul, voilà, le *wrap-up* est terminé. Journée idiote et étrange, c'est exactement cela que j'étais venue chercher. Et journée pas finie, car dans une heure, hop, dîner. Je voudrais être avec toi. J'ai dit ce que j'avais à dire, c'est à toi.

— Pas du tout. Je veux les détails.

— Toi d'abord.

— D'accord. Ma journée est blanche. Dans ce blanc, il y a toi, absente. C'est tout. C'est une merveille que d'entendre ta voix.

— Bon je vais peut-être développer, alors. Je te passe le déjeuner avec les deux Bataves qui me draguaient. Murée dans mon expression de Parisienne inatteignable, de femme déjà engagée, de maîtresse en exil de son amant, bref, hors de portée, hermétique, cornélienne, cloîtrée dans ma douleur amoureuse, mais parfaitement aimable et professionnelle, j'ai écouté les édiles nous parler de la problématique politique municipale locale. En gros : comment attirer le business mondial, tout en contrôlant le comportement sur la place publique de jeunes crétins abrutis de substances, de déracinés erratiques, et en proposant un avenir chlorophyllien et inclusif à une population dont on minore par déni les problèmes de sécurité et de pouvoir d'achat, mais qu'on intimide avec des injonctions morales venues de nulle part. Charlène trouvait ça formidable. L'après-midi, on a visité une crèche. La directrice nous a tenu un discours digne de la responsable d'une coopérative agricole pilote de feu l'URSS, quelque part entre *Bienvenue à Gattaca* et la révolution culturelle, tandis que je faisais attention à ne pas marcher sur des petits êtres à quatre pattes. Pour fêter ça, on vient de terminer un *wrap-up* sur les deux parties de la journée : problématique municipale et politique de la petite enfance. J'ai fabriqué des formules sonores pour les éléments de langage de la future campagne de Charlène. Le genre inspirant et vague, c'est-à-dire vaguement inspirant, c'est-à-dire écœurant et vide, en fait, un peu comme l'application "Petit Bambou", tu connais ? Elle était ravie. Elle me hait. Mes petites capacités littéraires insultent son esprit, qui se débat face au réel avec des formules toutes faites de sous-MBA, et qui ne cesse évidemment de rendre les armes devant la complexité d'un monde qu'il faut aimer.

— Je sens que tu la trouves nulle.

— Bien sûr.

— Mais comment supportes-tu d'œuvrer à remplir ce vide, qui restera vide même quand tu l'auras orné des fleurs de ton intelligence ? Elles sècheront dès que tu auras le dos tourné.

— D'abord parce que c'est un vide nouveau, donc intéressant. Le vide a une apparence, une forme, une époque. Ensuite, parce que le vide n'est pas vide. Il se croit vide, alors qu'il a un fond. Quand tu fais toc-toc avec le doigt sur le bord lisse et tendu du vide, ça rend un son, et ce son a un sens. Quand je fais toc-toc sur le crâne de Charlène, un peu comme un médecin qui écoute ta cage thoracique en la faisant résonner avec des petits coups de doigts, je sens bien qu'il y a un petit soldat, au fond, qui veut juste bien faire son boulot consistant à faire plaisir à je ne sais quelle superpuissance qui lui a expliqué qu'elle était une princesse dont la libido simplette et tyrannique était la loi du monde.

— Alors que c'est juste une brave fille.

— Une brave fille devenue méchante, à force de se tromper et de persévérer dans l'erreur sur sa personne. C'est ça, le son que rend son crâne, quand je l'ausculte.

Par exemple, quand elle rit, c'est une catastrophe. Tu sens tellement que pour elle, rire est dangereux, parce que c'est spontané, vivant, que ça dit de toi ce que tu trouves drôle et donc ce que tu trouves sérieux, bref que ton rire te révèle aux yeux des autres… Du coup, elle ne rit qu'en pensant à rire sans danger pour elle. Ça donne un ha-ha-ha d'actrice de série B, qui déclasse le genre féminin dans son ensemble. Elle préfère son vide à son fond, parce que son fond est simple et son vide a quelque chose de glorieux.

— Tu parles bien sévèrement de ta patronne.

— Tu me fais rire, mais tu as raison : il faut que je fasse attention à ne pas lui montrer que je la découpe en fines tranches analytiques, pour m'imprégner d'un drame humain contemporain.

— Tu parles de drame, mais elle m'a l'air de bien le vivre.

— Oui. Elle peut tenir jusqu'à la tombe, comme ça. C'est bien en cela que je parle de drame. À propos de drame, tu as déjeuné avec Mahaut ?

— Oui, mais pourquoi serait-ce un drame ?

— Parce que, monsieur, de la même manière que tu crains que je ne finisse la journée dans le lit d'un athlète de centre-gauche hollandais, moi je fais semblant d'être décontractée, mais je crains que tu ne finisses la tienne dans celui d'une intello parisienne perchée et provisoirement libre. Les probabilités de trahison sont plus de ton côté que du mien, en fait.

— Il faut que nous mettions fin à ce croisement ridicule de jalousies sans fondements. En réalité tu as confiance en moi, et moi en toi. Ces images atroces sont une terreur que nous ne savons pas mettre au loin. Et puis, eh oh, je te signale que Mahaut m'a dit qu'il fallait que je consacre toute mon énergie à me mettre à ta hauteur. Qu'en conséquence, je devais prendre quelques jours de vacances quand tu reviendras. Tu devrais appeler Mahaut, sous prétexte de tes papiers à faire pour nous. Tu verras. Rien à craindre. Phénomène rarissime : elle est heureuse pour nous.

— Je vais faire ça; de ton côté, arrête d'imaginer que je vais écumer les boîtes SM d'Amsterdam avec des sportifs de gauche.

— À qui faut-il demander d'écarter ce danger mortel de l'alliance entre la jalousie et l'imaginaire?

— À nous, ça me paraît déjà pas mal.

— Je crois que tu sous-estimes l'ennemi.

— Déjà, je suis sûre que t'es débarrassé des deux ou trois filles que tu devais avoir sur le gaz avant de me rencontrer.

— Exact. Pas donné signe de vie depuis Anne Imhof. Et toi?

— Même punition. Un banquier de gauche. Gastronome sophistiqué. Chiant à force d'être brillant. Plus il était brillant, moins j'avais envie de l'embrasser, d'ailleurs je ne l'ai jamais embrassé. Au fur et à mesure de nos déjeuners, l'hypothèse d'un baiser s'éloignait. C'est bizarre, tu ne trouves pas?

— Quoi, banquier de gauche? Oui, ça fait un peu hydravion. C'est moins évident qu'avion. Banquier tout court, ça coule mieux que banquier de gauche.

— Tu sais, pendant cette longue journée avec Charlène, je me demandais, en pensant à toi : mais pourquoi se détache-t-il ? Se dé-ta-che-t-il ? Au fond, tu pourrais prendre notre relation comme la résultante d'un matching d'algorithme de site de rencontre... Tous les deux intellos, différence d'âge parfaite qui doit permettre au mâle d'épater la femelle avec son savoir-faire de galipettes apprises ailleurs, ton pouvoir d'achat fabuleux, tes espérances, ton potentiel, ton statut, blabla. Et moi, donc ! Princesse, pas moins. En plus nous vivons tous les deux dans des décors de pub pour Guerlain, pas loin l'un de l'autre... Il y a une lecture algorithmique de notre rencontre.

— Nous vivons dans des décors de pub pour Guerlain, c'est vrai, mais autour de nous tout roule à l'abîme dans un grondement de tonnerre d'Apocalypse. Cette deuxième partie de la phrase est essentielle, dans notre affaire, du moins je le crois. Quand tout va craquer, nous aimerions être dans les bras l'un de l'autre. Nous sommes attirés l'un envers l'autre car ensemble, nous vivons un salut particulier dans une perte générale.

— Si tu ressens en ce moment pour moi la même chose que je ressens pour toi, ce ne serait pas mal de mourir.

— Je suis d'accord, mais je préfèrerais t'avoir à côté de moi plutôt qu'au téléphone pour mourir ensemble. Et puis, on ne peut pas rendre un monde aussi merdique à Dieu. Il faut au moins qu'on achète une ferme et qu'on y plante quelques arbres, avant. D'où ma question : qu'est-ce que tu fous vraiment avec Charlène ? »

Un string sur un grille-pain

Tandis qu'Erika et Paul, à peine unis, éprouvaient leur premier éloignement, Frédéric continuait à réfléchir aux moyens de faire chuter Charlène. Il s'était installé, pour établir définitivement sa stratégie, à son bureau de l'Assemblée, boulevard Saint-Germain. Il avait compris, en observant ses préparatifs pour la campagne de Paris, qu'il ne s'en débarrasserait ni facilement ni définitivement. Elle avait trop de motivation, trop de culot, trop de pragmatisme, trop d'appuis pour disparaître du système. Il pouvait encore lui faire rater l'investiture aux municipales, mais il ne pourrait pas la sortir du parti. Il avait bien analysé qui étaient ses consultants en stratégie et en communication, décodé son programme de visites de municipalités, ses contacts politiques locaux, ses appuis au gouvernement et dans le parti : la conclusion qui s'imposait, c'est qu'elle se constituait un gros capital en un temps record, poussée par les vents portants de la faveur élyséenne. Son vide politique, songea Frédéric, était à la fois abyssal et parfaitement en phase avec les facteurs de succès contemporains d'une carrière publique. Elle n'avait pas le début d'une conception réfléchie de la société, de l'histoire, encore moins de l'homme, ni la moindre réflexion sur les voies et moyens d'obtenir un équilibre général souhaitable. Mais Frédéric savait – et cette vérité était un gros morceau du mystère du mal – que ce vide d'idéal constituait un atout, puisque aucun objectif général n'étant à atteindre en fonction d'une situation donnée, Charlène pouvait endosser n'importe quel discours politique pourvu qu'elle fût en première ligne pour prendre le pouvoir. Mis à part la transition écologique, et encore, selon des modalités qui différaient du tout au tout en fonction des camps politiques, la contrainte d'un grand résultat avait disparu de la vie publique. En cela conforme à sa génération, Charlène avait substitué, pour s'inspirer, la « tendance sur les réseaux » à un dessein accordé à des impressions profondes et conçu dans l'étude, où des convictions sérieuses se forment. Elle auscultait cette tendance comme un directeur du marketing. Elle en tirait un patchwork de punchlines sympas. Les causes et les conséquences de cette tendance ne l'intéressaient pas, car personne d'important pour sa carrière n'y réfléchissait et n'y accordait d'importance. Elle avait remarqué que les personnalités qu'on choisit et dont on parle sont celles qui cochent des cases transitoires, qui sont à l'unisson d'un bruit ambiant éphémère. C'était déjà assez compliqué comme ça d'être choisie comme dirigeante en étant toujours la première sur le front d'une actualité changeante, elle n'allait pas en plus lire Machiavel et Platon, encore moins Judith Butler. Tout se démodait si vite. La « grande » culture, dont il fallait encore avoir l'air d'être imprégnée pour impressionner les stagiaires de BFM et quelques politiques frottés d'humanités, pouvait se sous-traiter, un peu comme on se faisait faire les ongles par un personnel asiatique compétent. C'était le rôle d'Erika, qu'elle espérait s'adjoindre durablement, en qui elle aurait confiance (car Erika était fiable, ponctuelle, précise), de faire rendre un son cultivé à ses discours, d'atteindre cette tonalité un peu grave et mystérieuse, venant de loin, grâce à laquelle le peuple reconnaît ses dirigeants légitimes. L'objectif principal de son expression politique publique était de formuler l'idée agréable que le monde était plein d'opportunités formidables, dont Charlène saurait mieux qu'un ou une autre faire profiter chacun. Elle ne voyait aucun problème à assumer la dimension bêtement positive, publicitaire, artificiellement enthousiaste, bourrée d'anglicismes avilissants, d'un certain langage politique. Pour elle, bourrer les salles, salir la réputation de ses adversaires en payant des officines, régler les caméras pour faire croire que le vide était plein, briefer des trafiquants d'image rebaptisés en consultants, faire envoyer quotidiennement six messages à ses followers, bosser ses éléments de langage avec des gens plus cultivés et intelligents que soi à qui on donnait des ordres, relevait de la contrainte professionnelle normale. Le plus grand effort vraiment intellectuel qu'elle faisait consistait à passer d'une tendance à l'autre, ce qu'elle appelait « se réinventer », selon l'expression venue du business. Il s'agissait alors pour elle, pendant quelques semaines intenses, d'intérioriser de nouveaux poncifs, de les incarner en aimantant le plus de suiveurs possibles, et de changer de chemises.

Dans ce monde où le quotidien était fait de paniques pour rien, d'injonctions comminatoires adressées à des instances imaginaires, d'accusations vagues proférées sur le ton de la victime indignée, d'oublis instantanés, de mensonges, de formation de coalitions de circonstances, de complots et de silences opportuns sur les questions délicates, le but du jeu était de ne pas être l'objet sur lequel s'appliquaient ces forces, mais le sujet qui les dirigeait vers d'autres. Que la vie politique fût une sorte de judo idiot n'était pas nouveau. Ce qui l'était, c'est que Charlène voulait devenir président de la République sans chercher à acquérir d'autres qualités que celles, peu exigeantes, de joueuse de bonneteau vindicative et de présentatrice météo érotique et rassurante.

Frédéric avait laissé sa porte entrouverte pendant qu'il méditait ; un chat tigré dans les tons cailloux du lac et granit gris, qu'il connaissait sans savoir qui était son propriétaire et qui se promenait dans les couloirs distribuant les bureaux-studios des députés, en pénétrant chez ceux qui lui faisaient bon accueil, entra dans la pièce. À moitié engagé dedans, à moitié dans le couloir, la silhouette coupée par le montant de la porte, le chat semblait hésiter à faire demi-tour. Frédéric cligna lentement des yeux et produisit un « pe, pe » avec ses lèvres, une sorte de bisou aérien, qui encouragea le félin à rentrer. Celui-ci sauta sur son bureau, se frotta le flanc contre l'écran déployé de son ordinateur, marcha sur le clavier heureusement inactif à cet instant, la queue à la verticale. Puis il descendit sur les cuisses de son hôte en utilisant ses griffes pour se stabiliser. Après s'être étiré les deux pattes avant, il s'installa en position de sphinx, calé entre le ventre de Frédéric et le tiroir du bureau, et ronronna doucement. Tout en lui grattant l'arrière des oreilles, Frédéric, à la fois détendu et mieux concentré dans sa réflexion sur Charlène, enchaîna en se disant qu'elle n'était pas, de loin, la seule responsable de sa conception terriblement dégradée du rôle de dirigeant politique. Il y avait plus de vingt ans que l'honneur, en politique, était dans les seuls intérêts de l'homme politique lui-même. Toutes les autres notions avaient été colonisées par l'intérêt personnel, jusqu'à leur disparition. Le moi, claquemuré en lui-même, outrant ses exigences, régnait dans les couloirs du pouvoir. On ne pouvait plus compter sur un dirigeant qui se serait sacrifié, en acceptant d'être déclassé, méprisé, oublié, pour les quelques principes qu'il aurait mis au-dessus de lui. La société tolérait l'esprit de sacrifice chez les membres des corps constitués – militaires, policiers, personnel soignant, pompiers, enseignants, pauvres réellement engagés à se priver de plaisirs simples pour l'avenir de leurs enfants, ce qui finissait par faire du monde – à la condition qu'ils ne parlent pas de sacrifier leur intérêt personnel à un principe plus haut que lui. On pouvait se faire tuer pour son pays, ou pour les malades, ou pour l'éducation, mais pas dire à l'avance qu'on y consentirait, le cas échéant. Quand quelqu'un mourait dans l'exercice de sa mission, le scandale de son sacrifice devait être immédiatement recouvert d'un discours pleurnichard et planant, consistant à dire que le plus dommage dans sa disparition, le plus tragique, c'était qu'il ou elle ne pourrait plus s'éclater dans la vie. Alors qu'il ou elle avait fait beaucoup mieux que de s'éclater dans la vie, mais avait trouvé beau de la quitter pour un sens qu'il lui donnait, sens que son sacrifice ferait perdurer, rendrait fécond, participerait de la vie elle-même. On ne mourait plus pour quelque chose ; la seule possibilité officielle, c'était de mourir tout court, à bas bruit, dans son moi devenu inapte à jouir. En son for intérieur, se disait Frédéric, Charlène devait penser que les militaires, les pompiers, les médecins, les infirmières, les policiers, les professeurs étaient des cons, et que les cons parmi les cons étaient ceux qui mouraient à la tâche. Elle devait également trouver normal que les responsables politiques soient mus par l'ambition de faire un bon business avec leur fonction élective, et de terminer au conseil d'administration de sociétés d'autoroute, de fonds d'investissement, de « *pure player* du metaverse », afin de se refaire la cerise, en jouant de l'effet de levier économique d'une carrière prestigieuse mais globalement mal payée. Tout se résumait dans une expression, que Frédéric l'avait entendu utiliser : elle appelait la présidence de la République un « job ». Il n'aurait pas fallu la pousser beaucoup pour qu'elle ajoute « un job sympa ».

Se confondant avec son destin politique, Frédéric ne voyait en sa propre ascension et en sa vie même que des moyens subordonnés à un but, et il aurait probablement fait le sacrifice de l'une et de l'autre au cas où l'un des quelques principes ou objectifs suprêmes l'aurait réellement nécessité. En tout cas, au fond de lui, l'hypothèse du sacrifice travaillait. D'une certaine façon, se disait Frédéric, Charlène était plus compétente que lui pour accéder au pouvoir, mais elle était nulle en politique. Toutefois, dans une société où tout le monde avait son bac, elle avait ses chances. Toutes ces remarques ne lui disaient pas comment il allait l'abattre, mais stimulaient son ardeur.

Tandis qu'il se préparait, en laissant sa mémoire et ses idées faire leur chemin, à accoucher d'un plan, le chat toujours sur ses genoux, il entendit frapper discrètement à la porte. Il répondit d'entrer. C'était Béatrice, la collaboratrice de son collègue de couloir, un député savoyard jovial de son parti. Frédéric la connaissait bien pour avoir passé de longues soirées, parfois des nuits, à amender des projets de loi avec elle. Ils avaient parfois été seuls dans son bureau, les autres participants ayant jeté l'éponge. Elle lui plaisait beaucoup ; c'était une Bourguignonne épanouie sortie de l'école supérieure de commerce de Paris, souriante, avec une sensualité régionale affirmée, une sorte de Miss Hospices de Beaune, en version ancienne élève d'une grande école. Pour évacuer la tension, vers trois heures du matin, et aussi parce que la focalisation de deux cerveaux sur le même objet tourne à la danse sexuelle, dès lors qu'il y a un peu d'intensité et de proximité, ils auraient pu coucher ensemble. L'idée leur était venue, mais ils s'étaient douloureusement retenus. Coucher avec la collaboratrice d'un collègue dans l'annexe résidentielle de l'Assemblée nationale, entre la rédaction de deux amendements à un projet de loi, était une erreur, surtout quand on était marié et que sa collaboratrice ne l'était pas, sans compter la dimension hiérarchique et l'écart d'âge. Souvent confronté à ces situations, Frédéric avait en général su rester raisonnable, prenant en compte les complications tant professionnelles que conjugales et morales. Toutefois, tout le monde a un point de rupture, qu'il avait parfois atteint, heureusement sans développements ni conséquences désagréables.

« Bonsoir, Béatrice, qu'est-ce qui vous amène de bon ?

— Reblochon est avec vous ? Je l'ai vu filer par ici.

— Reblochon ?

— Le chat de Marc.

— Il est sur mes genoux.

— Ça vous dérangerait de me le passer ? Marc le ramène à Saint-Cergues. Je le mets dans son panier.

— Le voilà. Faites attention, personne n'a songé à lui limer les griffes.

— Merci Frédéric, à demain, en commission.

— À demain. Ah, Béatrice, dites à Marc de ma part : "Le vide picdelamirandolesque du chef du gouvernement a trouvé sa parfaite expression dans le projet qu'on prétend soumettre à notre Assemblée, alors qu'en réalité c'est l'Assemblée qu'on cherche à soumettre à ce projet."

— Bien, je lui dirai. Qu'est-ce que c'est ?

— Abracadabra. Donc abracadabrantesque. Pic de la Mirandole. Donc picdelamirandolesque.

— D'accord, mais...

— C'est pour son discours sur le projet de loi de cohésion sociale, ou plus exactement contre le projet de loi. L'expression "picdelamirandolesque" qualifie bien le côté singe savant et idéologue du Premier ministre. Associé au vide, ça fait image. Désagréable. Marc doit gagner en notoriété médiatique. Taper sur le Premier ministre, qui l'a amplement mérité, est une occasion. C'est bien, le Chablais, la moyenne montagne, le lac Léman, le chant des Allobroges, tout ça, mais le parti a besoin de figures nationales, je vous rappelle qu'on va sûrement gagner les prochaines présidentielles. Marc a la caisse pour monter, ce flemmard. Vous le savez. Alors, qu'il case ça dans son discours, vers le début, avec un petit accent de Thonon, et ça va le faire, il sera repris partout. Débrouillez-vous aussi pour que les journalistes sachent que son chat s'appelle Reblochon. C'est un truc à faire le tour de la planète. Merci Béatrice. Salut Reblochon. Je t'aime bien. Tu es un ami politique et un animal affectueux. »

Béatrice disparut, laissant l'esprit de Frédéric privé d'inspiration érotique. Il fit la transition mentale entre le sujet Béatrice et le sujet Charlène en se demandant si, au cours d'une nuit de travail, il aurait autant envie de Charlène que de Béatrice. Charlène se rendait désirable, Béatrice l'était sans le chercher. La volonté de Charlène de correspondre à un objet de désir masculin, bien répertorié par la culture érotique de masse, devait trouver un compromis entre le manifeste et l'implicite : par exemple, elle pouvait porter un string, mais ses jupes ne pouvaient pas monter au-dessus de trois centimètres de ses genoux. Elle maîtrisait parfaitement les codes. Mais au total, quelque chose d'évident dans la volonté de puissance, de vulgaire dans la pensée, de plat dans l'expression, d'aguicheur sans originalité, et enfin l'impression générale d'une prétention infondée qui émanait de sa personne, rendait Charlène, aux yeux de Frédéric, aussi désirable qu'un grille-pain. Il vit clairement l'image d'un string sur un grille-pain. Il balaya cette vision d'un petit revers de main.

Ce désinvestissement de sa libido eut certainement un rôle secret dans la découverte de la solution. Frédéric trouva enfin comment tuer provisoirement Charlène. Il n'avait plus qu'à mettre son idée en musique. En cherchant les circonstances des disgrâces célèbres d'hommes ou de femmes politiques, il s'était souvenu d'une vieille affaire, dite de « Zadig et Voltaire »... C'était un sarkozyste vaguement transgressif, secrétaire d'État d'un gouvernement Fillon, Frédéric Lefebvre, qui en avait été victime. Cette figure de second plan, qui piétinait au bord du premier, avait décidé de se doter d'une stature d'homme de lettres en publiant un livre, dont Frédéric avait oublié le titre. Ce qu'il avait gardé en mémoire, en revanche, c'était l'accident. Interrogé à un salon du livre sur l'œuvre qui l'avait le plus marqué, il avait répondu d'un air inspiré *Zadig et Voltaire*, une marque de vêtements chers, destinés aux élites urbaines qui entendaient le rester. La terre entière s'était gaussée. En voulant se démarquer de l'inculture crasse de la bande des sarkozystes, il en était devenu le symbole le plus ridicule. À part le flagrant délit d'adultère avec un évêque dans les années 1880, il n'y avait pas plus efficace en matière de mort sociale immédiate. Frédéric Lefebvre s'était agité par la suite, n'avait pas tout à fait disparu, mais la tache était indélébile. Il piétinerait toujours au seuil de la première division.

Le crime serait parfait. Pas de trace, personne à soupçonner en dehors de l'accusée elle-même, pas de circonstances atténuantes. Il allait falloir trouver le moment où l'incompétence de Charlène serait à fleur de situation, et lui faire prononcer quelque chose de profondément ridicule. En se demandant à quel moment agir, il ne vit qu'un point de fragilité dans le parcours futur de Charlène : celui où elle serait pour la première fois confrontée à un vrai plateau politique, avec de vrais journalistes, sur un vrai gril. Les détails de l'opération elle-même surgirent des limbes quand il pensa à Erika, qui trouvait en ce moment même à Charlène des formulations et des idées intelligentes, à la fois sobres, frappantes et consensuelles. Si Charlène avait confiance en Erika à cause de cela, c'était gagné. Erika ne serait pas impliquée, ne saurait rien, mais serait la porteuse saine du virus. Elle n'avait rien à perdre à la perte de Charlène, puisque son destin était ailleurs. Paul, cet ami charmant mais qui était très loin de l'information décisive, ne verrait rien.

En pensant à Charlène et à ce qu'il allait lui faire subir pour lui apprendre le métier, Frédéric souhaita intérieurement la bienvenue à une ennemie de long terme. Si tout marchait bien, il allait commencer par la renvoyer en deuxième division. Restait à trouver un nom à l'opération. Opération « Un string sur un grille-pain » s'imposa sans effort.

Back to Paris

Dans l'avion du retour à Paris, Charlène égrenait mentalement les bonnes nouvelles, calée dans son siège business, un oreiller placé derrière la tête pour voir le ciel sans se fatiguer. Elle avait dans son ordinateur de quoi creuser l'écart avec ses deux concurrents internes du parti, et son investiture à venir prenait forme. Le bureau politique choisirait le candidat du parti dans quinze jours. Elle pourrait lui présenter le fruit de ses trois jours de visite « sur le terrain » et d'échange avec des élus et des membres du gouvernement local. La moisson était excellente, Erika l'avait valorisée en mettant de l'ordre dans son projet de programme, trouvé des titres de chapitre excellents, croquants, concrets, modernes. Elle croulait sous les photos flatteuses, tant avec des responsables politiques qu'avec des « vraies gens ». Enrichi par les consultants de chiffres, de promesses et le tout agrémenté de statistiques très désagréables pour la municipalité en place, la première mouture de son programme en jetait. Encore un ou deux slogans de campagne, suivis d'une séance de travail avec les consultants pour bien vérifier que l'ensemble de son message montrait, en majeur qu'elle était pour le Bien, et en mineur qu'elle se battait contre le Mal, et ce serait parfait, elle emporterait le morceau au parti. Au-delà, si on rajoutait son équation personnelle, ce zeste d'allant et d'agressivité souriante qui signalaient la gagnante née, complété par sa plastique à mi-chemin entre l'érotisme d'une hôtesse de l'air et celui d'une femme de pouvoir, cet entre-deux qui ratissait large entre l'infirmière sexy et la dominante cuirassée, rien ne pourrait l'arrêter. Il était temps de passer dans une émission politique d'une chaîne d'information en continu, et de développer ses idées radieuses mises en forme par Erika. Elle avait hâte. La déontologie journalistique était telle qu'aucune chaîne ne pouvait officiellement favoriser un candidat à l'investiture plutôt qu'un autre – c'était au parti de trancher –, et donc ses adversaires seraient aussi invités, mais elle savait qu'elle pourrait obtenir d'être interrogée seule, dans une émission à forte écoute, par des journalistes opportunément choisis. À ce stade de satisfaction, elle s'accorda une coupe de champagne, qu'elle commanda au steward avec un sourire épanoui. Elle se détendit quelques instants.

Mais elle se raidit très vite en se rappelant que, d'après ses fiches de leadership dont les principes clefs lui avaient été résumés par les consultants et qu'elle relisait tous les soirs, il fallait jouer un coup d'avance. Il était 20 heures. On pouvait dire, en prenant un peu d'avance, que la journée de travail se terminait. C'était le moment, du « feed-back prospectif » du soir, sous-intitulé « One Step Beyond », en hommage décalé et pseudo-humoristique au groupe Madness, Elle relut pour la centième fois les instructions des consultants pour cette ultime réflexion de la journée : se projeter, scénariser, imaginer les freins et les leviers structurels à la réussite de la trajectoire, coucher des idées d'action. Après, elle avait le droit de se coucher tout court. Elle se projeta donc dans un monde où elle aurait gagné l'investiture du parti, et alla même au-delà de l'élection, qu'elle ne pourrait probablement pas gagner, mais à laquelle, sauf accident, elle ferait un bon score, ce qui l'implanterait définitivement dans le parti. Son élection au bureau politique ne ferait alors aucun doute. De là, il faudrait devenir populaire dans le parti, et représenter un poids qu'aucune combinaison ministérielle future ne pourrait ignorer. Dans deux ans, elle serait ministrable.

Pendant l'exercice, elle laissa vagabonder son esprit pour identifier des menaces. Elle s'arrêta sur son mari. Sans chaleur particulière, comme s'il s'était agi d'un étranger, elle le visualisa en costume et chemise Dior, un verre de whisky à la main, avec cet air neutre et faussement ouvert qui le caractérisait, face à elle, mais ne la voyant pas. Au début, elle pensa que son mari avait fait son apparition dans son imagination en raison d'une innocente association d'idées favorisée par le champagne. Après tout, lui était lui, et elle était elle, et il n'avait rien à faire dans sa trajectoire. Puis elle creusa. Pendant cinq ans après leur mariage, l'enthousiasme d'avoir constitué un business model gagnant avait cimenté leur couple, ce qui se manifestait par une sorte d'exultation d'équipe gagnante au coup de sifflet final : lui, directeur Asie-Pacifique de l'entreprise minière sud-africaine de sa famille ; elle, femme politique naissante, mettant son patrimoine opulent et sa capacité de travail impressionnante à exister dans les médias, en s'emparant de thèmes à la mode et en envoyant dix mails par jour à des rédactions diverses, émanant des ONG, puis du parti, où elle avait exercé la responsabilité des « plaidoyers » sur divers thèmes excitants. Puis s'était estompé le charme d'un mariage fondé sur une grille multicritère dans laquelle l'argent avait un fort coefficient, sans que ni l'un ni l'autre s'en émût particulièrement. Ils faisaient l'amour une fois tous les quinze jours, ensemble mais chacun dans son coin, pour avoir l'air normal à leurs propres yeux. Elle n'avait rien à lui reprocher, à part quelques probables écarts dont les règles, pour être implicites, n'en étaient pas moins précises : il ne fallait pas qu'il couche dans la même ville où était sa femme, avec quelqu'un du milieu professionnel de Charlène, d'un niveau social équivalent, ayant un rapport avec l'une ou l'autre de leurs familles, et les relations extraconjugales ne devaient pas durer plus d'un mois. Ils avaient parlé de cela et réglé leur comportement en faisant semblant de parler d'autres couples que d'eux-mêmes. Les règles étaient claires et rien n'avait jamais montré qu'il s'en était affranchi. Tout allait bien, mais quelque chose n'allait pas quand même.

Charlène se rappela la remarque d'Erika sur l'histoire familiale de son fiancé lors du déjeuner d'Amsterdam, quand elle avait averti incidemment les jeunes mâles hollandais présents qu'elle était prise. Charlène avait noté que l'évocation de l'origine plus ou moins noble d'une famille – par noble, elle entendait socialement utile et prestigieuse à la fois, et depuis des temps immémoriaux de préférence – avait eu un impact considérable sur ses interlocuteurs. Bien sûr, c'était là où il y avait un problème, pensa-t-elle en se redressant sur son siège, et se raidissant, prête au combat, comme si tout à coup elle avait appris que son mari lui avait fait, ce salaud, un coup de pute. Du côté de son époux – et c'était un fait dont elle se voulait de ne pas avoir encore assez réfléchi –, la généalogie n'était pas très flatteuse, d'un point de vue électoral. Trois générations avant lui, son arrière-grand-père avait fondé sa fortune en pratiquant presque l'esclavage colonial, voire complètement, il faudrait voir dans les détails… On pouvait toujours essayer de nuancer, d'expliquer, de cacher un peu, l'expression « esclavage colonial » pouvait objectivement être prononcée par un militant adverse, et prospérer. Elle serait donc perçue comme la femme, l'associée, la compagne, la complice d'un homme qui ne devait sa fortune et sa position sociale qu'à cette iniquité originelle dont il tirait d'énormes avantages directs, et dont il niait l'abjection par son attitude décontractée d'héritier cool, qui cachait forcément, pour un dialecticien même inexpérimenté qui aurait voulu se le payer, un racisme systémique doublé d'un crime économique et social. Or, jusqu'à présent, l'ascension de Charlène ne dérangeait que des petits joueurs ; mais le jour où ça allait commencer à cartonner vraiment, où il faudrait jouer serré contre des grands monstres, il n'était pas question d'être entachée d'une généalogie pareille, d'apparaître comme une espèce de Cruella du tiers-monde, même par alliance, alors qu'elle s'était fait photographier sous toutes les coutures avec des bébés de couleur noire (c'était d'ailleurs moins bien porté, ces derniers temps, de tenir un enfant noir dans les bras, et Charlène avait commencé à nettoyer internet de ces photos-là). Sa propre famille avait prospéré dans le textile, mais avait jeté l'éponge en fondant une société de participation avec l'argent de la vente de ses actifs industriels, dès le début des années quatre-vingts. Le textile des origines, c'était la lutte des classes sympa et bien française, ça se pardonnait ; dans le textile, il n'y avait pas de gueules noires, de coups de grisou, et pas trop de troupes tirant sur les grévistes, encore moins des esclaves colonisés. Elle ne serait pas la première héritière bourgeoise d'un vieux business transformé en portefeuille d'actions à devenir ministre. Donc, elle était bien, mais son mari était mal. Et elle pouvait légitimement craindre la contagion.

Dès lors, il n'y eut plus de retour en arrière : se séparer de son mari devint une option. Éviter d'être assimilée au détenteur d'une fortune coloniale était la raison d'être de cette option. S'en séparer avec un double profit financier et politique devint un sous-objectif de l'objectif principal. Du côté du profit financier, leurs avocats règleraient ça en coulisses. Du côté du profit politique, elle n'avait pas encore d'idée, mais elle savait qu'il faudrait qu'elle endosse le rôle de victime, qu'elle manifeste une sorte de prise de conscience héroïque qui intéresserait la presse progressiste, qu'elle joue le courage de rompre avec la loi du silence, et pourquoi pas, se dit-elle en réservant cette idée pour une analyse ultérieure avec ses consultants pilotés par l'Élysée, créer avec tout ça une sorte de *#Metoo* des femmes d'héritiers de fortunes mal acquises au début du XXe siècle. Elle fantasma qu'elle déclencherait un bordel mondial dans la ploutocratie patriarcale, avec des copines glamour, pour le plus grand bénéfice de son audience et de sa réputation de « killeuse » installée du bon côté du progrès. En tout cas, quelque chose comme un compte à rebours avait commencé.

Son mari, de son côté, avait bien anticipé qu'un jour Charlène partirait en présentant au monde une face souffrante, et à lui-même un esprit de revanche d'autant plus furieux que le tort qu'il pouvait lui faire était dans le futur, et non dans le passé. Les accords financiers étaient prêts à être négociés avec la partie adverse, discrètement bouclés par ses avocats. Les clauses « réputationnelles » de l'accord de divorce l'étaient aussi : si cette salope voulait du pognon, elle n'aurait pas le droit de parler de l'entreprise de son ex-mari, ni de porter une plainte au pénal contre lui, sait-on jamais. Dans les jours qui suivirent le retour de Charlène à Paris, il sentit une nuance dans le son de la voix de sa légitime épouse qui lui fit penser que ce jour était proche. Il engagea un détective privé pour savoir si elle avait engagé un détective privé, signe infaillible que les hostilités allaient démarrer.

Le commandant de bord annonça que la descente vers Paris avait commencé. Charlène proposa à Erika, installée dans la rangée derrière elle, de venir s'installer à ses côtés, où un siège était libre, pour bavarder avant l'atterrissage. Erika la rejoignit. Elle avait complètement oublié son séjour de trois jours, pourtant intense, et ne pensait à Charlène que comme un corps sans signification, placé devant elle dans l'avion. Elle attendait le moment de retrouver Paul à l'aéroport avec une impatience croissante.

Charlène n'avait aucune intention de se confier à Erika. Elle ne cherchait qu'à se l'attacher. Elle voulut franchir une étape de complicité en lui parlant de ce qu'elle faisait en fin de journée, son fameux « *feed-back* prospectif », et lui demander quelle était sa méthode à elle, avant de se mettre au lit. Après lui avoir raconté la méthode qu'elle venait d'appliquer, sans toutefois lui parler des conclusions qu'elle en avait tiré s'agissant de son mari, elle demanda :

« Et toi, Erika, tu boucles ta journée comment, avant de te mettre au lit ?

— Je me pose trois questions et je fais quelque chose, dit Erika comme s'il s'agissait d'une révélation intime qu'elle partagerait avec une amie sûre, en toute confiance. Il était évident dans son esprit que si elle était aussi franche et ouverte avec Charlène, c'est qu'elle savait qu'elle allait mettre un terme à leur relation.

— Ah ! et lesquelles ? demanda Charlène en minaudant.

— Qu'ai-je fait à Dieu ? Qu'ai-je fait aux autres ? Qu'ai-je fait à moi-même ? répondit-elle d'un air calme et sérieux. Après, si possible et si les conditions de température et d'état d'esprit sont réunies, je fais l'amour avec mon "fiancé". »

Charlène eut un petit choc intérieur. Elle n'avait pas entendu le mot « Dieu » depuis à peu près un an. Et puis qu'est-ce que c'était que cette histoire de faire l'amour ? Erika se foutait-elle de sa gueule ? Méprisait-elle son « feed-back prospectif » en le comparant implicitement avec son examen de conscience chrétien et sa sexualité apparemment épanouie ?

Si Charlène avait pu rentrer dans le cerveau d'Erika, elle aurait compris que oui, Erika se foutait d'elle, mais sans malignité, en répondant franchement et simplement la vérité, à savoir qu'elle se posait les questions, apprises au pensionnat de l'Immaculée Conception – « Qu'ai-je fait à Dieu ? Qu'ai-je fait aux autres ? Qu'ai-je fait à moi-même ? » –, questions qu'elle trouvait excellentes quel que soit l'état de sa foi au moment où elle se les posait, et en l'informant qu'elle se jetait sur le corps de son amant, ce qu'elle trouvait aussi excellent. Charlène finissait sa journée en continuant de nager dans les eaux glacées du calcul égoïste, et en prévoyant même d'y barboter dans le futur, tandis qu'Erika réfléchissait tous les soirs à sa contribution quotidienne à l'édification de la civilisation de l'amour. Ces deux jeunes femmes n'avaient rien à se dire. Charlène fit semblant de trouver ça amusant, et détesta encore plus profondément Erika. Erika se dit qu'elle avait mis la bonne distance entre elle et Charlène : celle où elles ne se voyaient même plus, chacune ayant disparu du regard de l'autre, confondue dans son propre horizon. Au moment où l'avion atterrit, Erika savait qu'elle écourterait sa collaboration le plus vite possible. En trois jours, elle en avait fait le tour. Charlène ne valait pas la disponibilité de temps et d'intelligence qu'elle réclamait, c'était tout. Charlène commença à sentir qu'Erika s'éloignait, mais elle voulait au moins qu'elle tienne jusqu'à la préparation de l'émission qui allait la lancer dans la bataille pour les municipales. Au-delà, elle sentait bien qu'elle n'était pas, de loin, assez forte pour lui vendre une carrière dans son ombre. Elle avait même, d'une certaine façon, intérêt à ce qu'Erika ne s'intéresse pas trop à la politique dans le même parti qu'elle, où elle pourrait réussir, devenir une concurrente. Charlène maîtrisait un certain périmètre de médiocrité politique. Au-delà, c'était l'inconnu.

Erika dit au revoir d'un signe de main à Charlène dès qu'elles eurent récupéré leurs bagages. Pour éviter que Charlène ne voie Paul, Erika lui avait donné rendez-vous à une porte de sortie un peu éloignée. Paul avait cru discret de porter un chapeau et des Ray-Ban.

Elle courut presque dans ses bras. De loin, Charlène vit leurs deux silhouettes s'aimanter, s'arrimer, se mélanger. Elle n'avait jamais rendu un tel hommage à un homme, avec un tel élan. Elle avait fait semblant avec son mari, au début de leur union, parce que la scène de l'aéroport reste un tube de la relation hétérosexuelle. Celle qu'elle avait sous les yeux était une vraie scène, avec deux êtres réellement fous de se revoir. Lorsqu'ils eurent fini de s'embrasser, ils marchèrent ensemble vers les taxis, et la symbiose était telle que, sans même y penser, Paul écourtait son pas tandis qu'Erika allongeait le sien pour se coordonner. Charlène ne reconnut pas Paul, mais elle comprit à son aspect général qu'il faisait partie de la classe intello-artistique, qu'elle méprisait pour le peu de moyens et le peu de pouvoir qu'elle avait. Pour

Charlène, cette double silhouette nimbée de bonheur était dans un autre monde, négligeable, illusoire. Elle appela le secrétaire général-adjoint de l'Elysée. Elle avait autre chose à foutre, elle, que de se faire sauter par un cultureux en revenant chez elle.

Après qu'ils se furent étreints à l'aéroport, Erika dit à Paul :

« Tu as l'air d'un espion roumain ; c'est ridicule, ces Ray-Ban, plaisanta-t-elle en rentrant dans leur taxi.

— Quand je t'ai vue arriver, je voulais mourir tout de suite pour rester sur cette impression de l'existence.

— On ne va quand même pas se jeter sous un bus parce qu'on est contents de se revoir.

— Tu sais, j'ai récupéré les clefs de ton appartement, que madame Karageorges avait laissé au *Café de la Mairie* comme prévu. Du coup, j'ai dormi hier chez toi, pour te faire aujourd'hui un nid délicieux à ton retour, sauf que j'ai découvert que tout avait déjà été fait quand je suis arrivé chez toi, par ladite madame Karageorges, dont la présence tutélaire et fantomatique commence à me troubler. J'ai juste ajouté une touche de parfum d'intérieur au bois de cèdre, mis des fleurs merveilleuses dans un vase – un pseudo-bouquet de jardin ruineux –, et un dîner délicieux avec une bouteille de champagne dans le frigidaire nous attend. Euh... pourrais-tu me dire pourquoi j'ai croisé un chat noir dans ton salon en arrivant, et pourquoi il a voulu et obtenu de dormir avec moi, sur ma gorge, en ronronnant, les griffes plantées dans mes épaules ?

— Mais parce que j'ai un chat ! Il s'appelle Hugonet le Bâtard, c'est une longue histoire. Maman me l'avait pris pour l'amener à la campagne. Je voulais qu'il soit là à mon retour. Mais ne t'inquiète pas. Il est habitué à dormir dans la cuisine. C'est juste qu'il a profité de ce que tu ne connaissais pas les consignes.

— Dis-moi, dans ta sphère familiale tu as ta mère, madame Karageorges et Hugonet le Bâtard. Mais sans vouloir être indiscret, tu as peut-être un père, aussi ? N'hésite pas à pleurer, si ça doit être le cas à son évocation.

— Ah non pas du tout, je n'ai que des sentiments positifs et gais à l'endroit de mon père. Mais c'est un dossier européen. Il vit à moitié à Bruxelles, où il tente de coucher sur le papier les linéaments d'une politique étrangère commune. »

Leur échange n'était pas un dialogue, c'était une juxtaposition d'élans vers l'autre. Plutôt un chant qu'un dialogue, donc. Celui-ci viendrait plus tard, le lendemain matin.

Combinazione

Sur un téléphone qui ne lui était pas associé, Frédéric appela Igor. Igor avait été formé, encore très jeune, chez le défunt Charles Pasqua, et avait acquis dans ses équipes des capacités opérationnelles dérivées du monde des actions secrètes. Celles-ci étaient devenues, depuis, assez peu utilisées dans le monde politique. Désormais, tout passait essentiellement par la communication, les réseaux, la technologie. Derrière leurs écrans, des petits manipulateurs s'attelaient à détruire la réputation des adversaires de leurs clients, à les traquer, et à les pousser au crime ; leurs compétences alliaient la méchanceté au digital, et trouvaient leur emploi dans des officines dont la raison sociale officielle était la stratégie en communication, et la raison réelle la mise à mort médiatique d'une cible moyennant finances. Frédéric n'avait jamais fait appel à l'une de ces organisations pour se protéger, pensant qu'il l'était à la fois par sa vie où rien de vraiment inavouable ne pouvait se trouver, par sa grande prudence qui analysait systématiquement la dose de secret nécessaire à la réussite de chacun de ses projets, et par un réseau d'informateurs qui étaient souvent des amis politiques, mais pas seulement. Il savait aussi que ces agences exerçaient une forme de chantage commercial : en constituant un dossier *pour* le client, ils montaient parallèlement un dossier *sur* le client. À partir de là, il valait mieux passer commande régulièrement, si on mettait les pieds dans le système. Frédéric décida donc d'appeler Igor, vestige des temps lointains, sorte de joker « Low Tech » sur le marché des coups fourrés. L'équipe d'Igor fouillait beaucoup les bureaux et les poubelles, faisait des filatures à l'ancienne et prenait des photos au téléobjectif. Igor prospérait à la tête d'une entreprise de sous-traitance de la sécurité de sièges sociaux et de sites industriels, mais avait conservé ce vieux savoir-faire historique, qui continuait à lui rapporter un peu d'argent, et dont l'odeur de poudre lui rappelait sa jeunesse. Il avait noué au fil du temps un lien féodal avec Frédéric, qui lui avait rendu beaucoup plus facile la création et le démarrage de sa société. Le rendez-vous avait lieu dans la suite d'une tour, dans le 15e arrondissement, où il n'y avait que des touristes. Le brief de Frédéric et la conversation professionnelle furent brèves.

« Charlène Karpov. Son émission de télévision est programmée dans une semaine, mercredi. Elle doit y aller, mais ce serait bien qu'elle la rate complètement. Aucune atteinte à son intégrité physique n'est tolérée, même pas un puissant diurétique.

— Je vois l'idée. Une certaine confusion et des erreurs factuelles dans les propos. Une prestation lunaire. Une décrédibilisation de la cible par la cible elle-même. C'est ce qu'il y a de plus fin à obtenir, sur le plan opérationnel. Je n'ai pas le temps de monter deux équipes. Et quand bien même je l'aurais, je ne sais pas si j'aurais deux fenêtres d'opportunités au moment même. On va travailler en vitesse plutôt qu'en sécurité. Quels sont ses points faibles ?

— L'économique et l'international. Elle va bosser ses fiches là-dessus.

— Justement. C'est sur ça que je vais m'appuyer. »

Igor avait déjà une idée. Il ne la communiqua pas à Frédéric. C'était toujours la même règle : les clients voulaient un résultat, pas la description des moyens pour l'obtenir. Ils se versèrent un whisky, avec d'énormes glaçons et un Perrier, face à une grande baie vitrée qui donnait sur la Seine. À gauche, on voyait Radio France et on devinait au loin TF1, nimbée d'une lumière jaune d'œuf de coucher du soleil, qui se réfléchissait sur la façade vitrée du siège de la chaîne. Il y eut un moment de silence pendant lequel Frédéric assuma intérieurement tout ce qu'il faisait, qui n'était après tout qu'un tour de gamin, comparé aux méthodes du cardinal de Richelieu.

*

Pendant que Frédéric avait une pensée nostalgique pour le bon vieux temps des sicaires et du poison dans le chaton des bagues, Paul et Erika, remis de leur première nuit complète passée ensemble, prenaient leur petit déjeuner au lit, où le chat les avait rejoints.

« Il s'appelle comment déjà celui-là ? demanda Paul. Dagobert le Fêlé ? Regarde, il a un air dégoûté et hostile et il ronronne en même temps. Il est complètement clivé, cet animal !

— Il t'aime bien, ça se voit.

— C'est étrange, les enfants et les animaux m'aiment.

— Paul, je pense que je vais dire aujourd'hui à Charlène que j'arrête.

— Je m'en réjouis. Tu travailleras plus vite pour des choses qui t'impliquent, et non à livrer tes idées et ton expression à une fille très médiocre qui en fera mauvais usage.

— Je vais encore lui préparer son émission de télévision, qui a été confirmée à l'aube, et puis après, on prend une semaine, puisque Mahaut te l'accorde.

— On va ravager le golfe du Morbihan avec mon nouveau génois. Avant de lever l'ancre, je préviendrai les secours en mer que je n'ai pas l'intention d'affaler la toile, quoi qu'il en coûte. Ce sont des copains, ils comprendront.

— J'aime bien l'idée de vomir pendant une semaine et d'enfourner les vagues avec un amateur de rodéo irresponsable.

— Il y aura aussi des moments exquis où nous ferons des longs bords de largue au soleil couchant. Comme la veille doit être permanente, nous aurons des séquences de trois minutes au maximum pour s'occuper l'un de l'autre. Tu seras divine avec ton ciré et tes cheveux transformés en pain de sel.

— C'est merveilleux. On fait quatre jours comme ça, et si on n'a pas divorcé, on va se faire masser le reste de la semaine, d'accord ?

— D'accord, mais ce serait bien qu'on arrive à caser une navigation de nuit par vent force 7, sinon on ne pourra pas dire qu'on a fait de la voile.

— Ne t'inquiète pas ; pendant la tempête, je mettrai du Wagner à fond sur ton rafiot, et je te planterai un casque à pointes sur la tête. On pourra sombrer corps et biens dans une ambiance exaltée. Bon, un tout petit peu de sérieux est possible ? Paul, à ton avis, je la prends comment pour lui annoncer que je m'en vais ?

— J'hésite entre te proposer de lui dire : "Ciao, ma poule" avec un sourire de salope qui s'en va pour toujours, et "Ciao", tout court, avec un sourire de bonne copine qui va juste faire ses courses. Ou le contraire.

— Paul…

— De toutes les façons, elle sera abominablement vexée. Si tu veux que ça touche le moins possible son amour-propre, dis un truc clinique pour t'expliquer. Je verrais quatre messages clefs : a) j'ai beaucoup aimé travailler avec toi ; b) J'aimerais aller au bout de la séquence en préparant ton émission ; c) mais le métier ne me correspond pas ; d) C'est une certitude.

— Selon toi, j'enfonce résolument l'aiguille dans son gracieux derrière dès le début de l'entretien. Ça me paraît sain et nécessaire.

— Voilà. »

Erika alla au parti. Elle demanda à Charlène s'il était possible qu'elles se parlent seule à seule. Erika suivit à peu près le plan de Paul, les yeux vissés dans ceux de Charlène. Celle-ci, qui avait, pour prendre les mauvaises nouvelles en faisant semblant d'y être indifférente, plusieurs contenances toutes prêtes sur l'étagère mentale de son dressing de femme politique, fut sobre et faussement amicale et compréhensive. Vexée, au fond, comme l'avait prévu Paul, elle voulut conclure leur collaboration en se mettant en surplomb et en essayant de faire passer à Erika l'idée qu'elle était en train de choisir une vie de merde, un chemin de croix de perdante, une relégation permanente aux seconds rôles, mais que c'était son choix si elle préférait, dans les années à venir, faire ses courses elle-même avec un écrivain qui la faisait rire, mais dont le succès était improbable. Erika, insinua Charlène, se souviendrait de cette conversation quand elle chargerait son break d'occasion de produits discount sur un parking de supermarché, avec son écrivain fauché en panne de carrière, porté sur la bouteille et mal rasé. Elle, Charlène, se serait à sa place amusée quinze jours avec cet artiste – mot qui dans l'esprit de Charlène avait la même connotation désastreuse et provoquait le même effroi, la même crainte de ruine que « petite actrice » dans les familles bourgeoises du XIXe siècle – et puis serait passée à autre chose. Mais voilà, chez les filles aussi, il y avait des aigles comme Charlène et des moineaux comme Erika. Celle-ci comprenait parfaitement le sous-message des propos de Charlène et le trouvait négligeable. Charlène n'avait pas très bien évalué l'aisance financière de la famille d'Erika, et elle avait fait semblant d'oublier que les études de celle-ci l'avaient préparée soit à monter toute seule, soit à rejoindre les premiers rangs de n'importe quel milieu professionnel, ce qui invalidait du tout au tout son raisonnement. Mais elle essaya quand même de montrer à Erika qu'elle n'était qu'une pauvre fille, ce qui était, vu de l'extérieur, fabuleux quand on mesurait son ignorance et sa prétention, à elle,

Charlène. Lorsqu'elles eurent fini de convenir qu'elles se séparaient, elles se mirent au travail pour l'émission politique, affichant une espèce d'indifférence émotionnelle réciproque polie, où couvait une hostilité retenue.

*

Le grand jour arriva. Anne-Aymone de Saint-Pusseaut, la reine des interviews politiques, accueillit Charlène sur LCI avec un sourire enthousiaste et carnassier qu'elle avait importé des États-Unis. Ma chérie, si je ne te bouffe pas ce soir, tu vas faire partie du même monde que moi, en version débutante, semblait communiquer Anne-Aymone. Ma poule, si je passe l'épreuve, tu sais bien que tu me cireras les pompes sous peu, si tu veux continuer d'exister, semblait répliquer Charlène. Ses éléments de langage en béton armé dans son dossier rouge, au chaud dans son sac, Charlène se sentait invincible, sur la piste d'envol, prête à un décollage nominal. Elle saurait jouer en défense, en attaque, et distribuer en milieu de terrain.

*

La veille au soir, tard, juste avant le départ de Charlène, le technicien de surface de l'entreprise prestataire du parti qui était entré dans le bureau de Charlène, pendant qu'elle était aux toilettes, était un faux employé, avec un vrai badge. Pour s'assurer que Charlène irait aux toilettes avant de partir, il avait quand même fallu passer par un diurétique versé dans son jus de gingembre, une dose modérée.

Le faux employé remplaça le dossier rouge de Charlène par un autre dossier rouge exactement semblable, au contenu apparemment identique, à quelques chiffres et données près. Mais ça ne se voyait pas. Charlène récupéra son dossier et le mit directement dans son sac. Quand ce fut fait, le collaborateur d'Igor marqua d'une croix, à la craie, une poubelle du quai Voltaire convenue à l'avance. Comme au bon vieux temps.

*

Durant l'émission, Charlène avait hâte d'en venir aux sujets sur lesquels sa compétence était, sinon mise en doute, du moins pas établie. Ce moment vint très vite. Gourmande, Anne-Aymone lui fit subir une rafale de questions sur la situation internationale, pour tester son éligibilité au statut de leader national, car Paris, c'était la France. À 20 h 07, Charlène confondit Tallinn et Riga, l'air très sûr d'elle. À 20 h 09, ce fut au tour de Kiev et d'Erevan de changer de pays dont elles étaient la capitale. À 20 h 11, elle parla de la politique étrangère des États-Unis, dont la doctrine Monroe était une lointaine inspiratrice, en la datant de 1953, un siècle trop tard. À 20 h 12, elle déclara, d'un air pénétré, que Vladimir Poutine était l'héritier des conceptions géopolitiques de Thérèse la Grande.

Dès 20 h 09, un premier *tweet* émanant de la majorité municipale fit son apparition : « Et maintenant, elle va nous expliquer que Fidel Castro est gardien de but dans l'équipe de foot Belge ? *#Elleestnulle.* » Puis des *tweets* indignés de Lettons, d'Estoniens, de Lituaniens, d'Arméniens, firent leur apparition et atterrirent dans les rédactions. L'association française des anciens élèves de Princeton fit un rectificatif ironique concernant la doctrine Monroe, qui fut opportunément retweeté.

La séquence économique s'ouvrit, Charlène ne s'étant pas rendu compte de ses bourdes à répétition sur les questions internationales, malgré les messages d'Erika qui s'accumulaient sur son portable, qu'elle avait mis en mode avion. Anne-Aymone l'avait laissée s'enfoncer, produisant simplement plusieurs moues d'étonnement, à chaque erreur énorme, que Charlène n'avait pas su décoder. Elle les attribuait à l'admiration d'Anne-Aymone face à tant de culture internationale et historique, et elles lui donnèrent encore plus confiance en elle.

Jetant un œil sur ses notes avant de se lancer dans un développement, Charlène multiplia les impôts locaux par trois, divisa les investissements de la mairie dans la voirie par deux, déclara qu'il y avait cinq rats par habitant dans Paris intra-muros, et fit encore deux ou trois erreurs massives dont les réseaux sociaux raffolaient en direct, dans une tonalité hilare ou indignée, c'était selon. La cellule de vérification des faits était au bord de la crise de fou rire.

Sur le plateau lui-même, tout avait eu l'air normal, et même articulé et plein d'allant. Anne-Aymone la remercia pour cet échange, sans qualifier sa qualité, « malgré quelques imprécisions », ce qui fit tiquer Charlène. À la fin de l'émission, elle s'avança vers Anne-Aymone pour la saluer, tandis que les techniciens s'affairaient, et que l'un d'entre eux débarrassait le plateau en opérant discrètement une deuxième substitution de dossier. Il fallait choisir le moment où la régie ne filmait pas le plateau, et où Charlène regardait ailleurs. Igor donna le top, qui fut reçu dans l'oreillette de son employé, un jeune très doué. Anne-Aymone regardait intensément Charlène, un peu comme un sadique regarderait une opération sans anesthésie. Elle avait l'air satisfait d'un chasseur qui aurait atteint un canard sauvage en plein vol, et qui contemplerait sa chute vers le sol. Charlène récupéra son dossier rouge, le bon, qui avait été de nouveau remplacé, puis ouvrit son téléphone et prit connaissance de la catastrophe en lisant les quinze messages d'Erika, qui ne comprenait pas ce qui se passait. Charlène comprit qu'elle s'était fourvoyée en grand. Elle poussa un juron intérieur, puis se souvint que le dossier d'Erika, revu avec elle, ne contenait pas les mêmes informations que celles qu'elle avait relayées pendant l'émission. Elle balaya du regard le plateau, mais les techniciens avaient disparu. Elle vérifia le contenu de son dossier : c'était le bon.

Comme elle avait raté son examen, contrairement à ce qu'elle avait espéré, elle savait qu'elle ne serait pas invitée au dîner d'Anne-Aymone, le soir même, où Stéphane Bern avait promis de passer. Ça faisait mal, très mal. Elle appela immédiatement le secrétaire général de l'Élysée en lui demandant « comment ça c'était passé ».

« Chère Charlène, je vous ai écoutée, répondit-il. Sur la forme, vous étiez parfaite, sur le fond, il y a eu deux ou trois petites erreurs qui vont vous obliger à travailler encore un peu pour obtenir un territoire de légitimité incontestable, sur le plan national. Pour l'investiture, nous verrons ce que le bureau politique décidera, c'est son rôle.

— J'ai été piégée. On m'a volé mon vrai dossier. On l'a remplacé avant l'émission par un dossier bidon. Et là, je me rends compte que c'est mon vrai dossier qu'on a remis en place.

— Chère Charlène, permettez-moi un conseil : quand on prépare un entretien, on prépare aussi les conditions de l'entretien. »

C'était sec, dur, méchant, vrai et bien enrobé. Le numéro du diplomate qui vous lâche. Un rat coquet qui tire sa révérence. Charlène apprécia, car au-delà de la douleur d'avoir perdu la bataille, elle ne perdit pas un millième de sa motivation : ce qu'elle venait de subir était exactement ce qu'elle souhaitait faire subir aux autres, dans un avenir qui s'éloignait un peu, mais pas tant que ça. Elle prenait la leçon avec un mélange de douleur aiguë et de reconnaissance. Elle soupçonna que le coup venait de Frédéric et du secrétaire général lui-même. Elle n'aurait jamais aucune preuve. Ils étaient trop hauts pour elle. Pour l'instant.

Champagne en famille

Aude et Frédéric étaient allongés sur leur grand lit. L'accord qu'ils avaient entre eux, les jours de semaine sans dîner en ville, consistait à se coucher à 22 h 30 et à lire jusqu'à 23 h 30, heure à laquelle ils éteignaient les feux et se laissaient aller soit à une brève conversation suivie de l'écoute de la radio, soit à l'appel de la sexualité conjugale, encore nourrie. Aude était revêtue d'une nuisette La Perla noire, et Frédéric d'un simple T-shirt Fruit of the Loom blanc. Il lisait un rapport d'experts sur les différents scénarios de mix énergétique national à horizon de trente ans, en annotant le document de remarques politiques associées à chaque scénario. Il était convenu que Frédéric pouvait prendre des appels jusqu'à 23 heures, avec une dérogation au-delà de cette limite pour les principaux personnages politiques. Aude lisait *De l'origine des erreurs dans la célébration du culte divin,* ouvrage d'Heinrich Bullinger publié en 1529, qui avait marqué et inspiré Théodore de Bèze, continuateur de Calvin dans la ville de Genève. Elle lisait l'ouvrage par petites doses, pour ne rien rater, mais aussi parce que c'était un peu difficile d'y rentrer et facile d'en sortir. À 23 heures, elle jeta l'éponge :

« Bullinger-Bèze-Calvin : je sens l'axe, mais je le formulerai plus tard, quand j'aurai bien digéré tout ça.

— Tu n'as qu'à commencer le dernier roman de Marius de Vizy pour te détendre avant de t'endormir, je l'ai rapporté pour toi.

— Excuse-moi, mais Bullinger puis Vizy dans la même soirée, c'est carpe et lapin. Dans le premier cas, on parle du cœur liturgique de la Réforme au début du XVIe siècle, dans le second, des névroses du milieu intellectuel parisien au XXIe siècle, cette bande d'irresponsables que nous connaissons par cœur.

— Justement ma chérie, le contraste fera du bien à ta rigueur maladive.

— Tu sais ce qu'elle te dit, ma rigueur maladive ?

— Oups, Charlène appelle.

— Tu devrais lui parler de sa plasticité pathologique. Il n'y a pas de raison qu'il n'y ait que moi qui prenne. Vas-y, réponds. »

Aude se mit sur le flanc, les jambes légèrement repliées, le corps tourné vers Frédéric, les yeux mi-clos, tandis que son époux prenait l'appel.

« Allô Charlène ?

— Bonsoir Frédéric, je voulais te parler de mon investiture, dit-elle en s'appropriant le processus de désignation de son parti. Vous vous réunissez demain…

— Oui, pour être franc je pense qu'on va aboutir à la désignation d'un de tes concurrents, assortie d'une jolie recommandation te proposant de travailler, à haut niveau naturellement, sur ce qu'on va appeler pudiquement tes marges de progression, ou ton potentiel d'incarnation nationale, appelle ça comme tu veux, avec l'appui d'un poids lourd du parti qui sera affecté à cette tâche... N'y vois, bien sûr, que l'intérêt à long terme que le parti trouve à ta montée en compétences. Mais pour l'investiture, franchement, et sans préjuger du résultat du vote, ce n'est pas pour cette fois. Ça va se tasser mais pour l'instant, après ta prestation, les avis oscillent entre ratage sur toute la ligne et explosion en vol, avec toutefois une nuance positive pour toi : tout le monde s'accorde à dire que si tu as dit n'importe quoi, tu l'as bien dit. Comme on ne voit pas à l'oral toutes les fautes de français que tu fais à l'écrit, ta capacité d'expression est bien perçue.

— Frédéric, que penses-tu de moi, au fond ? »

Charlène avait parfaitement conscience que Frédéric ne lui trouvait aucun mérite ni aucun charme personnel, ce qui ne l'étonnait pas, et qu'il n'avait pas l'intention de coucher avec elle, ce qui par contre l'étonnait un peu. Frédéric était différent de beaucoup d'hommes politiques de son niveau, avides, violents, des gorilles en costume, qui considéraient que leur honneur était engagé à tenter de consommer les femmes politiques de tous camps, pour pouvoir ensuite être, aimaient-ils à penser, en situation de domination physique et de complicité sensuelle vis-à-vis d'elles. L'autre penchant de ces hommes politiques, exagérément hétérosexuels, était d'humilier, par tous les moyens, leurs collaborateurs masculins. Simple, la formule était la suivante : dans ce milieu, le mâle dominant type était un primate dissimulé sous une couche de communication qui lui donnait l'air d'un dirigeant politique. Jouer ce jeu commençait à devenir très dangereux quand on était sous le feu des médias, et c'est pourquoi cette coutume de chercher à coucher avec ses collègues était encore présente chez les ambitieux du deuxième ordre, mais ceux du premier se méfiaient. Ça continuait toutefois, notamment au niveau local, car le terroir met du temps à renoncer aux traditions, ne serait-ce que pour se démarquer des mœurs parisiennes. Charlène ne mangeait pas de ce pain-là – ou plus exactement se réservait de ne le jouer que si l'effet était décisif, immédiat, et pour obtenir un gain considérable –, mais elle avait quand même envie d'être désirée physiquement, pour faire monter les enchères et introduire un trouble dans l'esprit de ses interlocuteurs. Quant au charme, c'est-à-dire la rêverie tendre provoquée par l'apparition de sa personne, elle laissait ça à des idiotes, comme Erika. Après réflexion, Charlène avait en effet conclu qu'Erika était une idiote, pour la raison qu'elle ne faisait pas « effet de levier », comme elle le disait en utilisant une expression de financier, sur ses talents et son physique. Sous des dehors de fille de famille, Erika avait déjà travaillé intensément pendant ses études pour trouver sa voie, qui serait intellectuelle et artistique, et allait continuer ses efforts pour réaliser les œuvres que cette voie lui réclamerait : l'improductivité de ce projet artisanal avait quelque chose de ridicule aux yeux de Charlène. Pour elle, tout travail qui n'avait pas pour finalité de capter les ressources procurées par le travail des autres n'avait aucun sens. Le talent se justifiait quand il était mis au service de l'exploitation d'autrui, but qui était chez elle comme une seconde nature. Entre Erika et elle se jouait la querelle ancestrale entre l'industrie et l'artisanat, entre la qualité et la technique de la machine, telle que Karl Marx l'avait vue. Charlène ne saisissait pas le lien qui existait, chez un être remarquable comme Erika, entre d'une part sa vocation, son côté « choisie », douée, et d'autre part l'attirance profonde qu'elle exerçait sur les autres, précisément parce qu'ils ne suspectaient aucun vol, aucune escroquerie de sa part, mais au contraire qu'elle laissait leur liberté incntamée, et montrait l'exemple d'une vie attachée à son propre sens, qu'on aimait contempler. Charlène avait emprunté une voie existant depuis des siècles, qu'elle imaginait prestigieuse, et où elle trouverait, bien rangés et répertoriés par les ambitieux des siècles précédents, les outils pour aller plus vite, plus loin, plus fort. Il suffisait de savoir s'en servir. Elle empruntait tout : le chemin et les véhicules. Ce que Charlène ferait à l'avenir n'aurait rien à voir avec elle-même, mais avec le désir de son public que ses représentants lui tendent un miroir où il serait beau. Il lui donnerait en retour un pouvoir qu'elle exercerait à son profit, et à leur détriment. En attendant, elle faisait face à un obstacle entre elle et son public, qui s'appelait Frédéric. Elle voulait passionnément connaître cet obstacle, comprendre sa raison d'être, définir sa manière de le vaincre, l'éliminer enfin. Sans haine personnelle, car si elle voulait le sommet, elle ne pouvait pas reprocher à la montagne de devoir la gravir. Évidemment, vaincre la montagne voulait dire éliminer Frédéric.

Celui-ci, avant de répondre, marqua une seconde. Moins pour réfléchir, car il savait précisément ce qu'il pensait de Charlène, que pour placer sa voix, dont il voulait que son interlocutrice se souvienne.

« Tu sais que je forme des vœux pour ton bonheur personnel, la question n'est pas là. Simplement, je fais de la politique. De la po-li-ti-que. C'est un vaste sujet, dans lequel à une extrémité de ma vie il y a la déambulation sur le marché de Saint-Claude où je discute le plus en profondeur et en sympathie possible avec les citoyens jurassiens, et à l'autre la bombe atomique, en passant par la loi de finances. Tu vois, Charlène, j'essaie de ne pas être trop mauvais ni dans la conversation au marché de Saint-Claude – il faut connaître les fromages et les sympathiques dossiers locaux –, ni dans la réflexion sur la bombe atomique – il faut avoir une petite idée d'à quoi ça sert et comment on en tire un avantage –, ni dans la logique profonde de la prochaine loi de finances, où s'articulent plein de choses complexes et différentes. Tu rajoutes à ça les soins de mon expression publique et la nécessité de s'occuper des conneries du parti, et ça fait un emploi du temps. »

La voix de Frédéric devenant de plus en plus métallique, elle eut pour effet d'intéresser Aude, qui attendait que Charlène se prenne une dérouillée avec un certain plaisir secret, qu'elle assumait très bien. De son côté, Charlène avait dégainé son carnet et prenait des notes.

« Donc, poursuivit-il, avec le début d'expérience que j'ai, m'est venue l'idée que la personnalité, en politique, c'est important. J'essaie d'objectiver, de bien évaluer les critères parce que la vie politique, c'est chaud, mais le pouvoir et l'État, c'est froid. Or, le but personnel d'un homme politique, c'est de passer du chaud au froid. Si tu mets en équation les qualités qu'il faut pour ça, en tout cas telles que je les ai analysées, tu obtiens, toi Charlène, 9 sur 10 à l'épreuve qui a le coefficient le plus faible dans la carrière d'une femme de pouvoir et d'État. À cette épreuve d'attractivité immédiate et universelle, grâce à ton côté pseudo-sympa, tu réussis parce que tu te rends capable de te faire élire : là tu es forte. Pour faire cui-cui avec l'oiseau bleu et sourire à la caméra, tu fais partie des meilleures. En revanche, tu n'as pas loin de zéro sur les autres épreuves, mais ce sont les plus importantes ; et si tu veux, au parti, on est cons, on est bas du front, mais on est quand même un parti de gouvernement. Nous avons trente dirigeants du parti qui ont été en moyenne cinq ans ministres. Ça fait cent cinquante ans ans d'expérience gouvernementale autour de la table, Charlène. Ça ne veut pas dire qu'on est des stars, mais quand même, si tu coupes BFM deux minutes et que tu évalues les choses dans le silence de l'analyse, on a un peu d'expérience. Alors maintenant, je prends l'objet intellectuel qui est la personnalité de Charlène et je la compare à celle – disons – d'un ministre qui commence dans le métier. Qui cherche simplement à ne pas être complètement ridicule quand il va voir un sous-préfet, un député, un maire, un chef d'entreprise, quand il s'adresse à son administration par l'intermédiaire de son directeur de cabinet, et qui, de préférence, voit un peu plus loin que le bout de son nez pour essayer d'articuler la politique de son ministère à la politique générale. Juste ça, tu vois, pas la star internationale, mais le ministre correct, laborieux, qui voudrait bien réussir. Je sais que c'est le gouvernement que tu vises, la campagne municipale n'étant qu'un moyen de te propulser. Eh bien, ministre du fond de gouvernement, pour moi, tu n'en es même pas au quart de la moitié du chemin. Ton problème de fond, c'est que tu sous-estimes le rôle que jouent trois qualités essentielles dans le succès d'une carrière politique : la qualité morale, la culture générale et l'intelligence analytique. »

Frédéric était parti dans un exposé austère, avec de nombreuses incises, mais l'énergie qu'il y mettait soutenait son intérêt. Aude connaissait par cœur le fond de son discours, et s'intéressait surtout à l'effet qu'il devait probablement produire sur Charlène. Elle décida de promener son index sur l'épaule de Frédéric et de frotter légèrement son nez sur son cou, pour qu'une nuance d'apaisement, qui selon elle donnerait encore plus d'effet à la démonstration de son mari, s'introduise dans le son de sa voix. Elle voulait aussi faire passer l'idée qu'elle ferait bien l'amour, une fois sa conversation terminée.

« Sur la qualité morale, continua Frédéric, je ne suis pas en train de te dire qu'il faut que tu sois une première communiante, hein, on se fait des coups vaches, on est bien d'accord là-dessus : non, je parle de l'utilité politique d'avoir des principes. Pas un surmoi compliqué, qui te rende bourrée de complexes, mais cette idée à la fois exigeante et rassurante que tu pourrais crever pour les principes qui te font vivre. Je dis bien : crever. Je dis bien : qui te font vivre. Je dis bien : exigeant, parce que c'est haut, et rassurant, parce que ça t'accompagne. Par exemple, je veux passionnément que la France soit, au sein d'un continent européen plus cohérent et uni qu'il ne l'est aujourd'hui, et dont la culture est ce qu'elle est, c'est-à-dire une splendeur que l'on peut discuter, un pays puissant, qui irradie d'idées, qui soit bien organisé, qui tire parti de ses contradictions, dont la civilisation serait repartie vers un sommet où l'on trouverait un mélange de raffinement, d'inventivité, de diversité et d'entente, et qui suscite l'admiration par la sagesse et l'ardeur de son discours sur le monde et les peuples. Et s'il fallait que j'y passe parce que ma vie serait la contrepartie d'une avancée vers cet objectif, j'y réfléchirais, et en théorie j'y consentirais. Je dis en théorie, car on ne sait jamais comment on réagit, face au sacrifice. Ça, c'est pour les principes. Pardonne-moi, mais chez toi, je vois le désir de jouir d'une position, et c'est tout. On t'expliquerait que pour devenir présidente de la République, il te faudrait vivre vingt ans dans une tente Queshua, tu laisserais tomber. Tu vendrais de la verroterie à Dubaï en prenant à peu près les mêmes airs épanouis et entrepreneuriaux que dans ta carrière actuelle. »

Charlène était partagée : elle se sentait un peu vexée d'être méprisée, mais par ailleurs flattée d'être aussi bien comprise. Après tout, Frédéric avait peut-être du désir pour elle. Dès qu'elle eut formulé cette hypothèse, les sentiments positifs l'emportèrent dans son esprit, et si elle était bien consciente que Frédéric la déboutait de ses prétentions politiques pour des raisons fondamentales, elle se dit qu'un homme qui prenait tant d'intérêt à elle ne pouvait pas rester constamment un ennemi. C'était plutôt bon. Elle avait bien fait d'appeler.

Frédéric lui montra ensuite qu'elle était d'une ignorance crasse des premiers principes dans toutes les matières qu'un responsable politique devait connaître : histoire, géographie, macro-économie, droit constitutionnel au moins et administratif au mieux, mouvement des idées ; puis lui expliqua que de cette ignorance découlait une incapacité à raisonner, et de là, conclut :

« Bref, Charlène, quand je pense à toi dans le monde politique, j'ai l'image d'une cruche dont on me verserait l'eau qu'elle contient dans les mains : tout me file entre les doigts. Tu es liquide. Aujourd'hui, ça te permet de t'infiltrer. Demain, ça t'empêchera de prendre forme.

— J'ai compris ton interprétation de ma personne, Frédéric.

— Mais tu sais, tout ce que je viens de dire ne t'empêchera peut-être pas de devenir ministre, parce que tu le veux tellement. En tout cas, ce sera plus tard que tu ne l'espères, et en dessous de ce que tu veux. Les vicissitudes de la vie politique sont telles que je t'y aiderai peut-être. Ce serait drôle.

— Dans combien de temps, à ton avis ? »

Depuis quelques instants, Aude pinçait délicatement les pectoraux de Frédéric entre le pouce et l'index, comme si elle testait leur rigidité sur toute leur surface. Elle s'arrêta, suspendue à sa réponse. Le temps que Charlène devrait souffrir avant de devenir ministre l'intéressait. Aude aurait bien voulu que la réponse fût « jamais », ôtant tout espoir à Charlène, mais en même temps ce « jamais » aurait fait disparaître définitivement le spectacle jouissif de la voir ramer pour avancer les aiguilles de l'horloge, pendant quelques années. Un chat n'achève pas la souris qu'il tient.

« Dix ans, si tout va bien pour toi.

— Dix ans, c'est beaucoup trop long. »

Mourir léger

Ils planifièrent leur week-end chez les parents d'Erika comme s'il s'agissait d'une expédition sportive en montagne, ou de quelques jours de croisière côtière. Pour « prendre du plaisir », comme disent les sportifs interviewés, il fallait que rien ne manque à la préparation de l'épreuve. En guise d'équipement technique adapté au milieu, à la performance et à la durée attendus, ils choisirent longuement leurs tenues pour les quatre repas et les deux après-midi en commun, et se préparèrent à réussir les interactions familiales, sujet complexe en raison des attentes élevées et diverses des parties prenantes. La veille, Paul avait mis deux heures à choisir des pâtes de fruits et un magnum de corton-charlemagne, qu'il offrirait aux parents d'Erika.

Pendant leur trajet vers la gare de Lyon, Erika, un peu nerveuse mais concentrée, dit à Paul, qu'elle trouvait trop décontracté, dans le but de lui faire prendre conscience qu'ils étaient face à une épreuve considérable :

« Tout est organisé. Nous arriverons à Aix à 16 h 15. On prendra une Fiat 500 à la gare, il n'y avait pas plus grand. Je conduirai, parce que tu aurais les genoux au menton et le front sur le volant compte tenu de ta taille, ce serait dangereux. On aura une heure de route, mais mes parents ne nous attendent pas avant 19 heures, donc on pourra en profiter pour réviser le fond de dossier, et pour que je te rappelle les recommandations. Madame Karageorges brique la baraque provençale depuis une semaine avec son adjointe locale qu'elle engueule copieusement, mais gentiment au fond. Penses-tu, pour elle, l'Élu de mademoiselle Erika va pénétrer dans le saint des saints, la maison de famille. Elle a dû te mettre trois boutis plus ou moins assortis sur ton lit, alors qu'il fera trente degrés. Cette épreuve est très difficile pour moi. Je suis sûre que mes parents vont t'adorer, et que tu vas les trouver merveilleux, mais pour moi cette rencontre est vraiment horrible : c'est comme si je passais un examen final de famille, après avoir eu l'admissibilité en naissant en son sein et y croissant conformément à ses attentes. Là je leur ramène une sorte de mari potentiel. C'est l'épreuve d'admission. Je peux errer dans les ténèbres extérieures parce que tu n'aurais pas leur agrément. Si cela arrivait, ils ne le diraient jamais, puisque ce n'est plus correct de critiquer le choix de sa fille au nom des intérêts supérieurs de la famille. Et c'est toi qui passes l'épreuve et non moi, tu vois le biais par où l'angoisse s'instille dans mon cerveau. C'est une compétition de relais : jusqu'ici, j'ai tout bon dans la course de ma vie, je te file le flambeau dans les meilleures conditions, c'est le moment pour toi de courir à fond, mais je ne peux rien faire, c'est terminé. Papa et maman, en costume de laine froide pour l'un et en châtelaine pseudo-cool pour l'autre, sont dans les gradins et notent ta prestation dans le silence de leur conscience spirituelle, familiale et sociale. On a quand même un surmoi collectif à la fois précis et exigeant, dans cette communauté naturelle et morale qu'est ma famille. Le chat, madame Karageorges, ma petite sœur, mon père, ma mère : cinq êtres vont évaluer notre association d'après les connaissances qu'ils ont de moi et l'impression qu'ils auront de toi : vois-tu l'immensité du défi? Ce sont des êtres très bienveillants et pleins de perspicacité, donc je n'ai pas peur. Mais ils vont quand même se poser les questions suivantes : qui es-tu? Pourquoi t'ai-je choisi? Quelles sont les chances de réussite d'une association durable qui ne saurait être sérieuse qu'à la condition que nous prévoyions de faire des enfants pour les élever ensemble dans la religion romaine? Je te passe les examens habituels d'aptitude générale concernant ton vocabulaire, ta tenue à table, ta conversation, ton physique, tes anticipations de carrière, tes études, le statut de ta famille, examens que tu vas réussir. Le vrai sujet, c'est ta personne, telle que l'éternité l'a voulue, adjointe à leur précieuse fille. Inutile de te dire que mon père aura potassé un énorme dossier sur toi, c'est un homme qui prépare très sérieusement ses réunions depuis qu'il a douze ans. Il faisait des colonnes écrites de questions à poser au vendeur de jouets du Bon Marché, quand il s'agissait de préparer sa liste de Noël. Rien de ce qu'il te dira ne sera anodin. Il aura préparé des remarques à impacts multiples, comme certains missiles : ta réaction sera évaluée sur plusieurs plans. Chaque question aura une réponse idéale qui vaudra 20, et une qui vaudra zéro. Et je ne pourrai pas parler à ta place, ça me crucifie. Tu es parfois distrait, et tu as tendance à faire de l'humour, quand ça te rase ou pour échapper au vrai sujet. Si je me ramène les cheveux derrière l'oreille, c'est qu'un de mes parents aborde un point difficile, où il n'y a qu'une bonne attitude de ta part, que tu dois trouver, d'accord ?

— Non, pas d'accord ! s'exclama Paul. Tu t'égares ! Tu es en plein délire statutaire ! Paul n'est plus dans Paul, c'est-à-dire moi, dans cette phase de panique de ton esprit, il est devenu le gendre de tes parents, le beau-frère de ta peste de sœur, le co-maître du chat Romuald le Rusé, le nouvel hôte de madame Karageorges ! Tout cela est vrai mais n'est certainement pas tout, et tu ne vas pas commencer à brider ma liberté sous prétexte que j'aborde les rives de ta sainte famille, alors que l'idée, c'est que je m'épanouisse en ta compagnie, comme la tienne dans la mienne. Doucement, tout ira bien. Montrons que nous sommes nous, ce dont nous sommes capables, et que tous les jours ce "nous" gagne un jour sur le passé, et donne à manger à l'avenir. Tout va déjà très bien pour nous, voire trop bien si l'on prend le point de vue du monde. Je dirais même qu'on a intérêt à se planquer tellement ça va bien. Il faudrait d'ailleurs qu'on s'invente un truc pour se plaindre socialement, sinon on va finir par devenir suspects. En gros, ta famille et ce qui reste de la mienne, c'est-à-dire moi seul, sont faites pour s'allier dans la bonne humeur. Il n'y aura pas d'obstacles tels que les différences de manière à table, qui peuvent peser lourd, et nos caractères ont l'air de deux mouvements de la même symphonie – toi, *andante*, et moi *allegro furioso* –, le tout dans un bain d'anticipations positives quant à notre avenir social. Ça doit et ça va marcher. Le vrai coup de bol, c'est que ton père soit diplomate, pas écrivain. Imagine que j'aie une réserve sur son talent… Comment s'appelle ton chat, déjà, je crois que j'ai écorché son nom dans ma tirade ? Rodrigue le Ténébreux ?

— Quand ce sera fini, on rebaptisera mon chat pour que tu te souviennes de son nom.

— Quand quoi sera fini ?

— Le sketch de ta présentation à ma famille. On fêtera ça par un nouveau nom de chat.

— Je ne sais pas pourquoi, je suis assez détendu. Je vais être analysé comme une nouvelle semence dans le précieux jardin de ta famille, comme un objet social, et enfin, mais seulement en troisième position, comme une personne.

— Exact : tu seras évalué sous l'angle biologique et fonctionnel d'abord, affectif ensuite. Il ne faut pas non plus rêver.

— Rappelle-moi ce que fait ta mère dans l'existence, indépendamment de penser à toi et à ta sœur, sachant que son mari se pense tout seul ?

— Du grec, qu'elle enseigne à l'université, et des "house parties" dans sa bastide. Là où nous allons, Paul. Raccroche un peu les morceaux, s'il te plaît.

— Ça y est, j'y suis, je maîtrise le jeu des acteurs. La semaine, ton père travaille à Bruxelles où il élabore des théories complexes sur ce que pourrait être une diplomatie européenne tout en contribuant directement à sa très laborieuse émergence. Pendant ce temps, ta mère fait ses cours à Paris. Ils se retrouvent le vendredi vers 17 heures à Paris.

— Où madame Karageorges leur a préparé un dîner…

— Le samedi ils ont leur vie sociale parisienne…

— … le dimanche on a le droit au “Crni rizot” de madame Karageorges. C’est une sorte de risotto croate noir, à cause de l’encre de seiche. Avec du bardolino, ça passe. J’y vais chaque semaine, le déjeuner a lieu avec ma petite sœur et parfois le chat.

— … et dès qu’ils ont trois jours, tes parents vont assortir des rideaux et des coussins, lire le *Financial Times*, des ouvrages d’idées généralement publiés par Gallimard, et recevoir des amis dans leur bastide. Dis, madame Karageorges a des jours de congé ou elle a sauté l’étape 1936 parce que vous lui cachez les lois sociales ? On a l’impression que c’est une sorte d’Hibernatus du personnel de maison. Et ta petite sœur, pourquoi ne la connais-je pas encore ? Je ne suis pas prêt du tout. J’ai 30 % des informations que je devrais détenir pour réussir ce week-end.

— Attends, ne panique pas sinon je vais encore plus paniquer moi aussi. Tu as raison, je dis n’importe quoi. Essaie de retenir ce que je te raconte. Madame Karageorges ne travaille pas du lundi après-midi au mardi soir. Elle déteste ne pas travailler. Elle tricote des sous-verres pour son village. Au crochet, je crois. Elle passe deux mois par an dans son village, à engueuler son fils parce qu’il n’est pas marié.

— D’accord, mais on s’en fout. Tu me parlerais des conceptions métaphysiques de tes parents que ça ferait avancer un peu les choses.

— C'est vrai. Mais ça fait partie de l'ambiance que tu vas découvrir. Tu es dans le vrai, nous sommes notoirement sous-préparés.

— Je commence toutefois à cerner à peu près le fonctionnement de ta famille, qui m'a l'air logique. Ta petite sœur reste un mystère, dis-m'en un peu plus.

— Gabrielle a neuf ans de moins que moins. Je te l'ai dit dix fois. C'est grâce à elle que je sais m'occuper d'un bébé. C'est un peu comme conduire, c'est amusant. Évidemment, elle m'en veut un peu de lui avoir essuyé les fesses de temps en temps, tout en étant reconnaissante. Elle est en prépa, elle attend son heure, elle a des jules insortables qui pourtant sortent beaucoup, et son caractère est à la fois explosif et secret, mais elle est globalement charmante dans le genre petit chat au comportement aléatoire.

— Ah oui, je me souviens : elle s'est aussi couché sur le tarmac où devait atterrir l'avion de Tony Blair avec une grande banderole le traitant d'assassin, alors que ton père devait le recevoir le soir même à Bruxelles.

— Voilà. Quand tu veux, tu peux te souvenir. Mais en fait, tu ne veux pas te souvenir de tout, en tout cas pas sans examen pour savoir si tu dois t'en souvenir. Chez quelqu'un d'un peu pratique, la faculté de mémorisation est beaucoup plus spontanée que chez toi. Comme d'ailleurs la faculté de faire des choses simples et quotidiennes sans réfléchir. Je sais d'où vient chez toi cette suspension de la faculté pratique. Ce n'est pas vraiment une infirmité, contrairement aux apparences. Tu es capable d'interrompre le trajet de ta fourchette à mi-course entre ton assiette et ta bouche parce que tu te demandes si la bouchée de tartiflette que tu es sur le point de t'envoyer est en accord avec le plan de Dieu sur ta personne. Vraiment, j'aime beaucoup ce rapport que tu entretiens entre des événements minuscules et la sphère macroscopique de l'univers et du destin. Ce n'est pas que tu es égaré, c'est que tu cherches à te représenter ton chemin. Pour un observateur superficiel, c'est vrai que ça ressemble à quelqu'un de perdu. Mais pour moi, c'est plutôt quelqu'un qui se trouve.

— À propos de se trouver, tu leur as bien dit qu'on allait se marier ? Ou juste que j'allais durer probablement plus de six mois, et que je passerai la tondeuse ?

— Il suffit que je te fasse une remarque profonde et gentille sur ta personne, qui n'est pas sans rapport avec le fait que je t'ai choisi pour me donner à toi, pour que tu me sortes une plaisanterie idiote !

— Pardon, je n'ai pas l'habitude d'être aimé comme cela. Je me venge d'avoir été touché, en te mordant la main. La reconnaissance n'est pas mon premier mouvement. Souviens-toi que j'étais seul. À part Dieu, je me suis méfié de tout le monde. Oui je sais, tu leur as dit dimanche dernier. Il y avait ton chat, ta sœur, ton père et ta mère, et tout le monde était content pour toi et avait hâte de me rencontrer. Madame Karageorges a pleuré. À mon avis, elle avait préparé le terrain en leur parlant de notre quasi-cohabitation, et tes parents m'avaient au moins googlé avant que tu leur aies parlé.

— C'est évident qu'on s'était fait serrer avant que je leur annonce, oui. Je les vois tous les deux, le soir dans leur grand lit de bois noir, face à la canopée des arbres du jardin des Tuileries, regardant le ciel et se murmurant l'un à l'autre que cette fois, c'était la bonne, que moi, Erika, le navire amiral de leurs deux enfants, j'allais atteindre au port. Par ailleurs, Paul, tu voudras bien cesser de te tortiller avec agressivité quand je te dis spontanément des choses aimantes, ou faut-il que je m'habitue à ce que l'expression de mon affection se perde dans le désert brûlant de ton ingratitude ? dit Erika en riant.

— C'était un incident isolé.

— C'était un trait de pudeur mal placé. »

*

« Tu parles, ce n'est pas du tout une bastide. C'est un bon vieux château médiéval remanié à la Renaissance. C'est splendide.

— Oui mais il est petit. D'où son petit nom de bastide.

— Petit, si on veut, à mon avis il fait cinq cents mètres carrés au sol sur trois étages. Ce n'est pas parce qu'une tour a été rasée, à droite là, probablement à la suite d'une querelle dynastique locale, qu'il est passé du statut de château à celui de bastide. Vous êtes comme les gens qui disent maison pour parler de leurs châteaux de cent pièces. Ah, j'adore les jardins. Ce centre français auquel on accède par trois marches face au château, et ces petits carrés clos sur le côté, c'est parfait.

— Et tu vas voir la piscine, on a l'impression de se baigner dans un étang.

— Tu crois qu'on sera invité souvent ?

— Pas besoin, je suis chez moi.

— Encore ! Tes parents n'ont pas envie que tu espères qu'ils meurent pour recevoir ton héritage ?

— Ah non, ils partagent tout avec Gabrielle et moi. Nous passons notre vie chez le notaire. Papa appelle ça "mourir léger". Maman est d'accord, à la condition qu'il lui reste de quoi incarner socialement la génération dominante. Faire des cocktails, inviter trente personnes à dîner, etc.

— *Achtung!* ils sont sur le perron. Diminue la vitesse de ta brouette italienne, jouons-la « entrée lente et solennelle du couple élu », centre des attentions et des espérances. Oh, il y a même Timoléon le Funeste couché sur le flanc, c'est une jolie scène.

— Gendre idéal, acte I, scène I. »

*

La vocation de diplomate de haut vol du père d'Erika avait probablement été discernée à un âge tendre. Sa fonction et sa personne se confondaient, mais jusqu'à un certain point seulement, car il avait tiré de ses études et de l'habitude de réfléchir beaucoup une liberté intellectuelle qui lui permettait d'écrire une nouvelle page tous les matins, et la faculté morale de pouvoir tout plaquer sans un regret, à condition que ce soit pour des raisons supérieures. Il impressionna Paul par le calme avec lequel, dans la conversation générale qui servit de paravent à la première observation mutuelle, il envisageait des événements comme le bombardement de la baie d'Haiphong par l'amiral d'Argenlieu, l'invasion de l'Irak, la guerre en Ukraine, avec la même familiarité intellectuelle que Paul décodant les rentrées littéraires, mais avec plus d'angles et de culture, sans affectation. Certes, il était tenté par la lassitude, à cause de l'effet de répétition des conflits entres les nations et les hommes en général, comme Paul l'était par les premiers romans, mais il avait cette discipline de s'imposer une réflexion toujours renouvelée sur la manière dont on pouvait penser chaque drame en particulier, et améliorer les choses, autant que possible.

La mère d'Erika avait réussi à imposer le choix des plats à madame Karageorges, en réussissant la prouesse de ne pas la vexer. Elle lui avait vendu l'idée qu'elle réservait son projet formidable d'un festival de cuisine balkanique pour une occasion plus solennelle, plus tard.

Pendant le dîner qui, grâce à cette négociation préalable, fut délicieux, consistant et léger, la règle non écrite selon laquelle il fallait dire le maximum de soi sans parler de soi avait été respectée à la satisfaction de tous. Madame Dauze, sans avoir la science de son mari quant à l'évaluation de la volonté et des motivations de son interlocuteur, testa la tolérance, la sagesse, l'intelligence relationnelle de son gendre potentiel et le regarda d'un œil hétérosexuel, à la jointure du moral et du physique; elle embrassa l'animal et l'âme. Sa méthode instinctive pour discerner si sa fille était dans le vrai en s'associant intimement et définitivement à Paul était simple : elle se demanda si, en supposant qu'elle n'ait pas rencontré son merveilleux mari, il y a trente ans, elle aurait couché avec Paul. Naturellement, elle ne s'avoua pas à elle-même qu'elle se posait la question aussi crûment, et quelques instants avant de répondre du fond d'elle-même et franchement « oui » à cette question qu'elle avait conçue sans l'avoir formulée, elle autocensura intérieurement l'expression de sa réponse. Mais elle avait quand même conclu : sa fille avait raison. Certes, le point de faiblesse de ce Paul était une amertume, déguisée en humour, liée à sa solitude involontaire, à cette tristesse que la mort brutale de ses parents avait enracinée en lui, mais son point de force était qu'il aimait la vie, sa vie, qu'il trouvait au cœur de son absurdité une espèce de source qu'Erika lui rappelait. Elle était pour Paul comme le mystère familier de la vie elle-même. L'amour humain consiste à sentir le mystère de la même manière que celle que l'on aime. C'est ainsi que l'autre devient le seuil de la vie. Avec cet autre en particulier, on la dépasse, elle nous supporte plutôt qu'on la supporte, et sans lui on retourne dans l'exil des choses expliquées, connues, fatigantes. Madame Dauze, avec ses airs d'intellectuelle chic, avait trouvé cela en un instant s'agissant de sa fille et de Paul, et fut non seulement rassurée, mais heureuse.

Le père d'Erika, une fois satisfait des réponses, de l'air, et des manières de Paul, prit un instant pour rentrer en lui-même et lui dit spontanément :

« J'ai dîné avec vos parents il y a trente ans, chez Anne de Bavière. Votre père était brillant, paradoxal, poète, et votre mère était splendide, gracieuse, altière. Elle avait ce soir-là un tailleur Balenciaga noir, très cintré; elle avait beaucoup d'esprit et de drôlerie anglaise, un peu à votre manière. »

Erika, qui avait entendu, faillit pleurer et regarda son père avec une expression de tendresse intense. Une digue avait sauté ; ce dîner n'était plus un examen, mais une fête.

Lorsqu'ils furent sortis de table, Paul dit à Erika :

« Tout est parfait. Ton père aurait la force d'âme de brûler son château pour ses principes, mais pas pour ses passions, et il a la sagesse de le perfectionner lentement. Ta mère est excellente en *small talk* et très forte en cités antiques, et je la soupçonne d'avoir un jugement personnel très sûr. Ta sœur est mignonne avec ses grands yeux étonnés et ses tentatives d'avoir l'air méchante. Ton chat est calme et plein de quant-à-soi. Madame Karageorges introduit un zeste d'agitation et d'hystérie dans tout ça, ce qui fait un fond comique sans lequel la vie de famille n'est pas tout à fait elle-même. Dis-moi, j'ai l'impression qu'on en est au moment où le cercle de la famille se referme, le nouvel anneau d'alliance sort de la forge portée à son plus haut degré de fusion, et j'ai été fondu dans le métal qui le compose.

— Exact, nous sommes de l'autre côté du miroir. Tu as été brillant. Modeste, précis, naturel, civilisé, beau à regarder. Non seulement je t'aime mais je suis au bord de t'admirer.

— Je vais ramer pour ça, je signe. Dis, ça se passe comment sur le plan logistique, après le dîner ? Je comprends bien que tes parents, soucieux que certaines formes soient respectées, nous aient préparé deux chambres, mais… sont-elles mitoyennes ? Je passerais bien te voir vers une heure du matin pour parler de la concentration capitalistique dans le monde de l'édition, et ses conséquences politiques et culturelles. Il nous reste une bouteille de champagne dans la glacière. Je pourrais en arroser discrètement ton corps et…

— Ah non, Paul. Il n'est pas question que tu quittes ta chambre. Extinction des feux. Cette nuit, tout le monde rêve, personne n'agit. D'ailleurs entre ta chambre et la mienne, il y a celle de ma sœur. Tout craque dans cette baraque, elle entendrait. Ça ferait mauvais genre.

— Je comprends. Et puis ce serait bête que je couche avec ta sœur après l'avoir aspergée de champagne parce que je me serais trompé de porte, dans l'obscurité.

— Elle aime tellement foutre le bordel, en ce moment, qu'elle serait capable de ne pas t'avertir de ta méprise, histoire d'installer une vraie ambiance au petit déjeuner.

— Très bien. Je vais me coucher dans mes petits draps blancs, les mains sur la couverture, un crucifix au-dessus de mon lit.

— C'est la famille, Paul. »

Un Clint Eastwood de gauche

Maître Delagare, l'avocat de la famille de Charlène, faisait face à ses confrères américains du cabinet Tank and Pound, d'origine new-yorkaise, qui avait ouvert depuis sa fondation en 1943 trente bureaux dans le monde entier. Priscilla Herbert, associée senior, représentait le mari de Charlène. Elle avait en tête d'utiliser le levier de négociation habituel en cas de divorce, mais inversé : ce serait l'homme qui prendrait le rôle de la victime pour emporter le morceau. En tout cas, ce serait la menace qu'elle ferait planer sur Charlène pour la mener à transiger au bénéfice de son client : elle partirait avec 600 000 euros de pension annuelle, l'appartement de Paris et le cottage normand, et l'interdiction de s'exprimer publiquement sur son ex-mari et sa société, un point c'est tout. De son côté, maître Delagare connaissait par cœur le patrimoine, les affections, les interactions et les secrets de la famille Karpov, dont Charlène était l'élément le plus prometteur de sa génération, même si sa méchanceté n'atteignait pas encore l'intensité et la régularité de celle de son père, pour lequel son avocat avait une espèce d'affection animale, cimentée dans des soirées de débauche en Amérique du Sud. Son bientôt ex-mari était assez peu conscient de ses propres privilèges et se sentait globalement rassasié, et il était donc enclin à sous-traiter une agressivité qui lui manquait, d'où le choix de Priscilla Herbert, bien connue pour lutter jusqu'à ce qu'elle ne sente plus le pouls de son adversaire ou le sien, dans les procès et les négociations qu'elle menait.

Tout était à front renversé : maître Delagare ressemblait au moral à son adversaire, le mari de Charlène, car il était comme lui bas du front et arrangeant, sa conception du monde venait du matérialisme bourgeois des grandes villes de province, où l'hypocrisie est une seconde peau, et la famille une sorte de coffre-fort sacré. Priscilla aurait été au contraire en phase avec Charlène si la vie n'avait pas décidé qu'elle était là pour lui faire la peau. Ce chiasme donnait un tour comique à cette réunion, qui se tenait dans le décor chic et sinistre d'un cabinet de l'avenue de Messine refait aux derniers standards de l'architecture neutre et inclusive de New-York. L'Occident règle ses petits problèmes dans des décors japonais de verre, de bois et d'acier. Mais nul ne songeait à prendre de la hauteur pour ironiser en prenant le point de vue des dieux : le combat se déroulait à l'horizontale, sur un parquet de chêne pédonculé éco-responsable. Priscilla s'y était préparée en sabordant un week-end dans les Berkshires avec son fiancé, qu'elle n'avait pas vu depuis deux mois, et qui s'effaçait de ses priorités à mesure que sa nomination comme « *managing partner* » par le « *board* » de son cabinet prenait de la consistance.

La petite musique de la relation romantique, ça va cinq minutes. Elle verrait plus tard. Sa décision tactique de faire jouer à l'homme le rôle généralement imparti à la femme – harcelé, en situation de détresse psychique, menacé, isolé délibérément, maltraité – était gonflée, car à part trois mails de Charlène engueulant son mari parce qu'il n'avait pas fait des virements bancaires attendus à temps, trois attestations de membres de son club de golf rapportant qu'il avait une lueur de panique dans le regard quand il répondait à sa femme au téléphone, elle manquait d'éléments. Mais elle savait que le point faible de Charlène était dans l'explosivité de son égoïsme quand il était contrarié, et qu'on allait bien trouver des témoignages d'employés harcelés, de serveurs insultés, de femmes de ménage méprisées ; le détective y travaillait, et il avait de bons résultats encore inexploitables, mais en tout cas il n'avait pas trouvé le pompon : l'adultère. Priscilla savait que son client avait quelques liaisons à son actif, y compris elle pendant quelques semaines, mais qu'ils étaient probablement hors d'atteinte d'un détective de base. Elle lui avait appris à traiter les affaires d'adultère comme des affaires d'espionnage : en multipliant les coupe-circuits.

Ce fut une longue et laborieuse discussion où le mari de Charlène essayait de prendre un air traumatisé pour donner de la consistance à l'argumentation de son avocate, et où Charlène, de son côté, avait l'expression de quelqu'un qui ne lâcherait rien. Maître Delagare, s'imaginant que son statut de doyen de la réunion devait lui faire exprimer la voix de la raison, mais qui était simplement dépassé par l'agressivité savante de sa consœur, lâchait des « bon, je vois que nous progressons », aux pires moments. Un accord fut néanmoins trouvé car, au fond, c'était un cas facile. Menace de procès pour violence conjugale contre acceptation de conditions raisonnables à discuter : la zone de négociation était bien délimitée, et les parties avaient intérêt à une sortie propre et rapide. Charlène empocha 650 000 euros de pension annuelle, l'appartement de Paris et la bastide dans le Gers plutôt que le cottage normand, ainsi que l'engagement de la boucler *ad vitam* sur son ex et sa société. Elle ne pourrait parler de lui qu'avec respect et d'un air pacifié, qu'elle pouvait teinter, en société ou dans les médias, d'une douloureuse mais discrète nostalgie. Le blabla sur l'amour qui vient et qui va était toléré, voire conseillé : l'important, c'est que pas un mot ne soit prononcé sur le business de son ex-mari ni sur sa personnalité. Pour celle-ci au moins, c'était facile, car il n'y avait rien à dire

Le soir de l'accord de divorce, Charlène et Erika étaient toutes les deux invitées au vernissage d'Eva Jospin, aux Beaux-Arts. Charlène, en apparence peu touchée par les circonstances, voulait se remettre sur le marché conjugal sans désemparer, et elle avait choisi une robe Issey Miyake qui lui aurait donné l'air d'une splendide geisha veuve, si la chose avait été possible. Il y aurait la crème habituelle des banquiers d'affaire frottés d'art contemporain. Erika, quant à elle, portait une robe longue d'Azzedine Alaïa grise et argent, avec des bretelles croisées, parfaite synthèse entre la sagesse et la volupté.

Elles se virent tout de suite et décidèrent, d'un regard, d'être franches l'une avec l'autre.

« Bonsoir Charlène, tu es magnifique dans le genre *Bienvenue à Gattaca*, dit Erika qui cacha sa pensée réelle, à savoir que Charlène ressemblait à une pétasse puritaine du FBI endimanchée, dans une série sur Netflix. Moi j'ai plutôt visé "Bienvenue à Rome", mais je n'ai pas une réputation altière, froide et ambitieuse à justifier, comme toi. Comment vas-tu depuis nos brèves aventures politiques ?

— Tout va bien. Je sors d'un cabinet d'avocats. J'ai divorcé.

— Aïe.

— Non, pas "Aïe". Ça traînait. J'ouvre une nouvelle page ce soir.

— Tu ne vas tarder à l'écrire. Tu es magnifique. Tout le monde te regarde. Notamment les deux couillons là-bas, tu vois ? Il y a le couillon 1 qui doit œuvrer dans le "*corporate*" chez Lazard, et qui demande au couillon 2, qui fait du "*family office*" de haut vol chez Rothschild, s'il te connaît.

— Un banquier… Pourquoi pas ?

— Tiens voilà Lionel Jospin. Tu ne trouves pas qu'il a la même expression indignée, interrogatrice et passionnée que Clint Eastwood ? Enfin, un Clint Eastwood de gauche.

— On m'a dit que tu sortais avec Paul de Salles ?

— Je sors tellement avec lui qu'il doit passer nourrir notre chat avant de me rejoindre. Et lui parler aussi. Je lui ai dit que le chat pouvait attendre tant la nourriture que la conversation, mais Paul est très attaché à remplir exactement ses devoirs. Tiens, regarde, il est là. Paul, pas le chat.

— Il est plus beau en vrai qu'en photo. Donc, c'est sérieux ?

— Je ne sais pas ce que veut dire sérieux. C'est désirable, multifacettes, enthousiasmant. J'ai une dizaine d'autres qualificatifs en tête, si tu les veux.

— Voilà nos banquiers qui rappliquent…

— Je vous branche et je te laisse. Attention, tu as un incident de maquillage sous l'œil gauche, ma pauvre chérie », dit Erika d'un ton mondain délibérément désuet.

Après avoir fait les présentations, Erika disparut. Charlène souriait d'une oreille à l'autre au prétendant banquier, qui prenait un air aimable et profond. Pendant les premières répliques de la conversation, elle réfléchit au ton qu'avait employé Erika pour lui dire « ma pauvre chérie ». Il lui apparut que certaines personnes, dont Erika et Frédéric, s'essuyaient les pieds sur elle. Probablement pour faire passer un message, mais lequel, et à quoi bon ? Elles ne la convaincraient pas de dévier d'un pouce de sa trajectoire. Elle vit à l'autre bout de la salle Paul imiter un chat et Erika éclater de rire. Elle eut, pendant un bref instant, un soupçon d'amertume, mais elle rentra vite dans le jeu de son nouvel ami banquier.

Achevé d'imprimer par
LABALLERY NOUVELLE IMPRIMERIE,
en janvier 2023,
N° d'imprimeur : 301019
Dépôt légal : mars 2023

Imprimé en France